Deseo

Los asuntos del duque
HEIDI RICE

Editado por HARLEQUIN IBÉRICA, S.A.
Núñez de Balboa, 56
28001 Madrid

I.S.B.N.: 978-84-9010-892-5
Depósito legal: M-8223-2012
Editor responsable: Luis Pugni
Fotomecánica: M.T. Color & Diseño, S.L. Las Rozas (Madrid)
Impresión en Black print CPI (Barcelona)
Fecha impresion para Argentina: 19.11.12
Distribuidor exclusivo para España: LOGISTA
Distribuidor para México: CODIPLYRSA
Distribuidores para Argentina: interior, BERTRAN, S.A.C. Vélez
Sársfield, 1950. Cap. Fed./ Buenos Aires y Gran Buenos Aires,
VACCARO SÁNCHEZ y Cía, S.A.
Distribuidor para Chile: DISTRIBUIDORA ALFA, S.A.

Capítulo Uno

Los tacones de las botas de Issy Helligan repiqueteaban como una ráfaga de disparos sobre el suelo de mármol del elegante club privado. El rítmico tableteo sonaba como un pelotón de fusilamiento haciendo prácticas mientras se acercaba a la puerta cerrada al final del pasillo.

«Qué apropiado».

Issy se detuvo, intentando calmarse. Los disparos habían terminado, pero su estómago se encogió y luego empezó a moverse como el péndulo del Big Ben.

Reconociendo los síntomas de su crónico miedo escénico, se llevó una mano al abdomen mientras miraba la elaborada placa de bronce en la puerta que anunciaba la sala común del ala este.

«Cálmate, puedes hacerlo». «Eres una profesional del teatro con siete años de experiencia».

Pero cuando tras la puerta escuchó un murmullo de risas masculinas le empezaron a temblar las piernas y notó que una gota de sudor le corría por la espalda, bajo el impermeable de Versace de segunda mano.

«Hay gente que depende de ti, gente que te importa». «Dejar que un grupo de pomposos fósiles te mire es un precio muy pequeño por conseguir que esa gente no pierda su empleo».

Era un mantra que llevaba horas repitiéndose, aunque no servía de nada.

Se armó de valor para quitarse el impermeable y dejarlo sobre un sillón al lado de la puerta, pero cuando miró el vestido que llevaba debajo, el péndulo del Big Ben se le puso en la garganta.

El vestido rojo de lentejuelas se pegaba a sus amplias curvas, haciendo que su escote pareciese el de una estrella de cine porno.

Issy respiró profundamente y el corsé que llevaba debajo se clavó en las costillas.

Suspirando, se quitó la cinta que le sujetaba el pelo y dejó que la masa de rizos pelirrojos cayera sobre sus hombros desnudos mientras contaba hasta diez.

El vestido, de la última producción de *The Rocky Horror Picture Show*, no era exactamente sutil, pero en realidad no tenía mucho donde elegir y el hombre que la había contratado aquella mañana no quería nada sutil.

–Carnal, cielo. Eso es lo que estamos buscando –le había dicho–. Rodders piensa trasladarse a Dubái y queremos mostrarle lo que va a perderse. Así que no ahorres en el escote.

Issy había estado a punto de decirle que contratase mejor a una *stripper*, pero cuando mencionó la cifra astronómica que estaba dispuesto a pagar «si hacía un espectáculo decente» se había mordido la lengua.

Después de seis meses buscando un patrocinador, Issy estaba empezando a quedarse sin ideas y necesitaba treinta mil libras para que el café teatro Crown and Feathers siguiera abierto una temporada más.

La agencia de telegramas musicales Billet Doux había sido una de sus ideas para recaudar fondos, pero por el momento sólo había conseguido seis contratos y todos de amigos bienintencionados. Y después de trabajar sin descanso para pasar de ayudante a gerente en los últimos siete años, dependía de ella que el espectáculo siguiera adelante.

Issy suspiró, sentía el peso de la responsabilidad como una losa sobre sus hombros mientras las ballenas del corsé le constreñían los pulmones. El banco se quedaría con el teatro si no pagaba los intereses del préstamo, de modo que sus principios feministas eran un lujo que no podía permitirse.

Cuando aceptó el trabajo ocho horas antes había decidido que era una oportunidad de oro. Haría una interpretación elegante de *Life is a Cabaret*, enseñaría un poquito de escote y se marcharía con el dinero, mas la posibilidad de que volviesen a contratarla si lo hacía bien. Después de todo, aquel era uno de los clubs privados más exclusivos del mundo, al que acudían príncipes y aristócratas.

No podía ser tan difícil, pensó. Además, le había dejado bien claro al hombre que la contrató lo que hacía una cantante de telegramas y, sobre todo, lo que no hacía. Y Roderick Carstairs y sus amigos no podían ser un público tan difícil como los veinte ni-·

ños de cinco años a los que había cantado «Cumpleaños Feliz» la semana anterior.

O eso esperaba.

Pero cuando abrió la pesada puerta de roble de la sala común del ala este y escuchó una andanada de risas y silbidos, esa esperanza murió de repente. Parecían estar esperándola y no eran tan fósiles como había creído.

Y hacer un espectáculo decente ya no le parecía tan sencillo.

Estaba mirando las estanterías llenas de libros, intentando reunir valor para entrar en la guarida del león, cuando algo en uno de los balcones llamó su atención. Recortado a contraluz, un hombre alto hablaba por el móvil. Era imposible ver sus facciones desde allí, pero Issy experimentó una sensación de *déjà vu* que le erizó el vello de la nuca.

Momentáneamente transfigurada por los anchos hombros del extraño, que paseaba impaciente por el balcón, Issy sintió un escalofrío.

Pero dio un respingo cuando el coro de silbidos y gritos se volvió hacia ella.

«Concéntrate, Issy, concéntrate».

Irguiendo la espalda, dio un paso adelante... pero sus ojos fueron de nuevo hacia el balcón. El extraño había dejado de moverse y estaba mirándola. Ese pelo castaño, esos ojos...

–Gio –murmuró mientras el corsé se le apretaba como una prensa alrededor del torso.

Issy intentó respirar, pero no le llegaba oxígeno a los pulmones.

«No lo mires».

Se sentía mortificada al pensar que el simple recuerdo de Giovanni Hamilton pudiese afectarla de esa forma.

«No seas ridícula».

Aquel hombre no podía ser Gio. No podía tener tan mala suerte. Encontrarse cara a cara con el mayor desastre de su vida cuando estaba a punto de hacer aquello...

No, el estrés la estaba haciendo alucinar.

Issy irguió los hombros y respiró todo lo que el corsé le permitía.

«Ya está bien de nerviosismos. Empieza el espectáculo».

Colocándose en el centro de la sala, se lanzó a cantar las primeras estrofas de la famosa canción de Liza Minnelli... y varios hombres, todos jóvenes y con ganas de juerga, se levantaron, silbando y dando gritos.

Issy se vio a sí misma como Caperucita Roja, siendo devorada por una manada de lobos borrachos y hambrientos de sexo mientras cantaba una canción prácticamente en ropa interior.

De repente, un pelotón de fusilamiento le parecía mucho más atractivo.

¿Qué demonios hacía Issy Helligan trabajando como *stripper*?

Gio Hamilton estaba en el balcón, atónito, sus ojos clavados en la joven que acababa de entrar en la sala con la seguridad de una cortesana, su figura voluptuosa envuelta en un vestido de lentejuelas que haría ruborizarse a una prostituta.

–¿Estás ahí, Gio? –escuchó la voz de su socio por el móvil.

–Sí, estoy aquí –dijo él, distraído–. Pero hablaremos mañana sobre el proyecto de Venecia… ya sabes que a las autoridades italianas les encanta la burocracia y seguramente sólo será una formalidad. *Ciao*.

Después de cortar la comunicación, miró a Issy, estupefacto.

Aquella no podía ser la dulce, impulsiva e increíblemente ingenua chica a la que conocía de toda la vida. ¿O sí?

Pero entonces se fijó en su pálida piel y en las pecas sobre los hombros y supo que era ella.

Se excitó al pensar en Issy la última vez que la vio, esa piel pálida enrojecida después de hacer el amor, los rizos pelirrojos cayendo sobre sus hombros desnudos…

Su voz ronca y seductora bajo el coro de silbidos y gritos hizo que volviera al presente. La voz aterciopelada de Issy era ahogada por los gritos de Carstairs, pidiéndole que se quitase el vestido.

El desprecio de Gio por aquel imbécil y sus amigos se convirtió en enfado cuando Issy dejó de cantar y se quedó inmóvil. De repente, ya no era la inexperta y tentadora joven que lo había seducido una noche de verano, sino la tímida chica que siempre iba tras él cuando era adolescente, sus preciosos ojos azules brillaban de ilusión.

Gio guardó el móvil en el bolsillo, furioso, excitado y algo más, no sabía bien qué.

Entonces Carstairs se lanzó hacia Issy para tomarla por la cintura y vio que ella apartaba la cara para evitar el beso del borracho.

Y, de repente, experimentó un incontrolable deseo de protegerla.

–¡Aparta tus sucias manos de ella, Carstairs!

Once pares de ojos se volvieron hacia él.

Issy dejó escapar una exclamación, mirándolo con los ojos como platos, mientras Carstairs levantaba la cabeza, su rubicundo rostro estaba desencajado por el alcohol.

–¿Qué pasa…?

Gio lanzó el puño hacia la mandíbula del borracho con todas sus fuerzas.

–Maldita sea –murmuró, tocando sus doloridos nudillos mientras Carstairs caía sobre la alfombra.

Issy dejó escapar un gemido, pero logró sujetarla antes de que cayese al suelo, desmayada. Gio la tomó en brazos, ignorando los gritos de los amigos de Carstairs. Ninguno de ellos estaba lo bastante sobrio o tenía valor suficiente para causarle problemas.

–Eche a esa basura de aquí cuando recupere el conocimiento –le dijo a un empleado del club que acaba de entrar en el salón.

El hombre asintió con la cabeza.

–Sí, señor duque. ¿La señorita está bien?

–Se pondrá bien –respondió él–. Cuando haya echado de aquí a Carstairs, lleve agua mineral y coñac a mi suite.

Se dirigió al ascensor respirando la colonia de Issy y se dio cuenta de que le temblaban las piernas.

Ella se movió entonces y, por fin, pudo mirar su cara a la luz de un fluorescente.

Podía ver las encantadoras pecas en su nariz y los labios carnosos. A pesar del exagerado maquillaje y el carmín rojo en los labios, su rostro ovalado seguía teniendo esa mezcla de inocencia y sensualidad que le había provocado tantas noches de insomnio años antes.

Gio miró entonces su escote, apenas escondido por el vestido… pero apartó la mirada para subir al ascensor.

Incluso a los diecisiete años, Issy Helligan había sido una fuerza de la naturaleza, tan imposible de ignorar como de controlar. A él le encantaban los riesgos, pero Issy lo había dejado de piedra. Lo había sobrepasado.

Y, aparentemente, eso no había cambiado.

Abrió la puerta de la suite con una mano y se dirigió al dormitorio para dejarla sobre la cama, dando un paso atrás para mirarla.

¿Qué iba a hacer con ella?

No sabía de dónde había salido ese inesperado impulso de rescatarla, pero darle un puñetazo al idiota de Carstairs y dejarlo en el suelo era donde empezaba y terminaba su responsabilidad. Él no era ningún caballero andante.

Gio frunció el ceño, su irritación se mezcló con una oleada de deseo mientras la veía respirar entrecortadamente.

Aquel vestido era como una armadura. Era lógico que se hubiera desmayado.

Murmurando una imprecación, se sentó al borde de la cama y tiró del lazo del escote, sus ojos se clavaron en los pechos femeninos.

Era más exquisita de lo que recordaba, tanto que tenía que hacer un esfuerzo para controlar su excitación. Entonces vio unas marcas rojas en su pálida piel, donde las ballenas del corsé se le habían clavado en la carne…

–Por el amor de Dios, Issy –musitó.

¿Cómo se le había ocurrido ponerse aquella cosa? Y luego ponerse a cantar delante de un grupo de borrachos…

Issy Helligan siempre había necesitado que alguien cuidase de ella y tendría que echarle una seria regañina cuando recuperase el conocimiento.

Gio se sentó en un sillón al lado de la cama.

La razón para aquella desastrosa farsa tendría que ver con el dinero, estaba seguro. Issy siempre había sido obstinada y soñadora, pero nunca promiscua, de modo que le ofrecería el dinero que necesitase para que no tuviera que volver a hacer algo tan absurdo y podría olvidarse de ella.

Gio tuvo que apartar la mirada al ver un rosado pezón sobresaliendo por el borde del corsé.

Y si sabía lo que era mejor para ella, aceptaría el dinero sin protestar.

***

Issy parpadeó varias veces, respirando el aroma a… ¿sábanas limpias?

–Hola otra vez, Isadora –la voz ronca, masculina, hizo que sintiera un extraño calorcito en el estómago.

Intentó llevar aire a los pulmones… Aleluya. Podía respirar.

–¿Qué? –murmuró. Sentía como si estuviera flotando en una nube. Una nube blandita y ligera, hecha de algodón dulce.

–He desabrochado ese instrumento de tortura. Es lógico que te hayas desmayado, no podías respirar.

Era esa preciosa voz otra vez, con ligero acento mediterráneo… y evidente tono de censura.

Issy frunció el ceño. ¿No conocía esa voz?

Cuando abrió los ojos vio que había un hombre a su lado y su primer pensamiento fue que tenía un aspecto demasiado masculino para ese sillón de flores en el que estaba sentado. Pero luego se concentró en su cara y, al reconocerlo, la nube de algodón dulce desapareció.

–Vete –murmuró, tapándose los ojos con el brazo–. Eres una alucinación.

Pero era demasiado tarde. Incluso una breve mirada había sellado la imagen en sus retinas. Los altos pómulos, la mandíbula cuadrada con un hoyito en la barbilla, el pelo ondulado apartado de la cara, las cejas oscuras y esas largas pestañas rodeando unos ojos de color chocolate más tentadores que el pecado original.

Se le encogió el corazón al rememorar cómo la había mirado la última vez, sus ojos ensombrecidos de irritación...

Pero entonces recordó lo que había pasado unos minutos antes y dejó escapar un gemido de angustia.

Las sudorosas manos de Carstairs, el olor a whisky y a puro en su aliento, el miedo reemplazado por la sorpresa al ver que la cabeza de Carstairs caía hacia atrás ante la llegada de Gio... y a partir de ahí no recordaba nada.

«No puede ser. Esto no puede estar pasando. Tiene que ser un alucinación».

—Márchate y deja que muera en paz —murmuró.

—Siempre te han gustado los dramas, Isadora.

Ella bajó el brazo y, al ver los marcados bíceps bajo la manga del polo negro y el brillo burlón en sus ojos, tuvo que aceptar la verdad: no era una alucinación.

Esas arruguitas alrededor de los ojos no habían estado allí diez años antes, pero a los treinta y un años, Giovanni Hamilton era tan devastadoramente apuesto como lo había sido a los veintiuno.

¿Por qué no había podido engordar o quedarse calvo? Era lo mínimo que merecía.

—No me llames Isadora. Odio ese nombre —le espetó.

—¿Ah, sí? —murmuró él, enarcando una ceja—. ¿Desde cuándo?

«Desde que tú te fuiste».

Pero Issy aplastó ese pensamiento. Pensar que

una vez había adorado que la llamase por su nombre original…. a menudo, ese sencillo gesto hacía que se sintiera feliz durante días.

«Qué patético».

Afortunadamente, ya no era esa adolescente necesitada de cariño y deseando complacer a toda costa.

–Desde que me hice mayor y decidí que no me pegaba –respondió.

La sonrisa de Gio se amplió mientras miraba su escote.

–Veo que te has hecho mayor, sí. Es imposible no darse cuenta.

Issy se levantó de un salto, sujetando el corsé, que se había deslizado hacia abajo.

–Estaba trabajando –se defendió, irritada porque el vestido le parecía ahora más revelador que delante de Carstairs y sus amigotes.

–¿Trabajando? ¿Es así como lo llamas? –replicó Gio, irónico–. ¿Qué clase de trabajo requiere que un idiota como Carstairs te asalte? ¿Qué crees que habría pasado si yo no hubiera estado allí?

Issy tuvo que contener el deseo de ponerse a gritar.

En realidad, nunca debería haber aceptado aquel trabajo. Y tal vez había sido un error entrar en la sala cuando supo que su público estaba borracho, pero llevaba tantos meses aguantando presiones…

Su medio de vida, y el de sus compañeros, estaba en juego, de modo que se había arriesgado… en vano, desde luego. Pero no iba a lamentarlo. Y, desde luego, no iba a permitir que la criticase un hombre a quien no le importaba absolutamente nadie más que él mismo.

–No te atrevas a dar a entender que yo tengo la culpa del repugnante comportamiento de Carstairs –le espetó, furiosa.

Y enseguida vio que Gio la miraba con cara de sorpresa.

Estupendo.

Tenía que saber que ya no era la patética admiradora que había sido una vez.

–Ese hombre estaba como una cuba –siguió– pero nadie te pidió que te involucrases. Si tú no hubieras estado allí no me habría pasado nada.

Probablemente.

Issy se levantó, sujetando el corsé. Daría cualquier cosa por llevar vaqueros y camiseta porque vestida como si se hubiera escapado del Molin Rouge, su discurso no tenía el mismo impacto.

–¿Dónde crees que vas? –le preguntó él.

–Me marchó –replicó Issy, poniendo la mano en el picaporte.

Pero cuando iba a abrir la puerta, dispuesta a hacer una salida triunfal, una mano morena la cerró de golpe.

–De eso nada.

Issy se dio la vuelta e inmediatamente se dio cuenta de su error. Gio estaba tan cerca que podía ver los puntitos dorados en los iris de sus ojos, respirar el aroma de su colonia y sentir el calor de su cuerpo.

–¿Qué? –exclamó, sintiéndose acorralada.

La última vez que estuvo tan cerca de Gio había perdido la virginidad…

–No quiero que te marches enfadada –dijo él, bajando el brazo–. Me has malinterpretado.

–¿Qué he malinterpretado exactamente? –replicó Issy levantando la cara para mirarlo.

«Qué irritante».

Midiendo metro sesenta y siete y con esos tacones de aguja debería poder mirarlo a los ojos, pero no tuvo esa suerte. Gio siempre había sido muy alto. Alto y delgado. ¿Pero cuándo se había vuelto tan… sólido?

Intentó parecer aburrida, pero dada su limitada capacidad interpretativa, no resultó fácil. De modo que decidió verlo por lo que era: el mayor error de su vida. Pensar que una vez había creído que esa expresión vacía era enigmática cuando sólo era la prueba de que Gio Hamilton no tenía corazón…

–Carstairs merecía ese puñetazo y yo he disfrutado dándoselo –estaba diciendo él–. No te estoy culpando a ti, estoy culpando a la situación.

Sus ojos se encontraron entonces y en los de Gio le pareció ver un brillo de preocupación.

–Si necesitabas dinero, deberías haber acudido a mí –añadió, con tono dictatorial.

Issy supo entonces que había cometido un error; no era preocupación lo que había en sus ojos, era desprecio.

–No había necesidad de convertirte en *stripper* –siguió.

El corazón de Issy se detuvo por un momento.

¿Había dicho stripper?

Gio le puso una mano en la mejilla y el inesperado contacto hizo que la airada réplica se quedase en su garganta.

–Sé que las cosas terminaron mal entre nosotros, pero una vez fuimos amigos y puedo ayudarte –siguió, acariciándola con el pulgar–. Y, pase lo que pase, buscarás otro trabajo. Porque, además, eres una *stripper* horrible.

Capítulo Dos

Issy no solía quedarse sin palabras. En general, le gustaba hablar y nunca le resultaba difícil dar su opinión, pero en aquel momento no podía articular palabra. Estaba demasiado ocupada intentando decidir qué la enfadaba más: que Gio pensara que era una *stripper*, que pensara que era una *stripper* horrible, que creyera que era asunto suyo o que tuviese la cara de llamarse su amigo…

–No somos amigos –le espetó–. Me di cuenta de eso hace mucho tiempo. ¿Es que no te acuerdas?

Gio le estaba acariciando la nuca, haciendo difícil que pudiera concentrarse.

–Tal vez «amigos» no sea la palabra adecuada –respondió, mirándola a los ojos.

Y lo que vio en ellos hizo que contuviese el aliento. Sus pupilas se habían dilatado, el marrón chocolate convertido en negro. Estaba excitado, pero lo que más la sorprendió fue el cosquilleo que sintió entre las piernas.

–¿Qué tal si hacemos las paces con un beso? –murmuró Gio con voz ronca.

Antes de que Issy pudiera responder, rozó sus labios con los suyos y luego inclinó la cabeza para besar el nacimiento de sus pechos. El deseo la paralizó, la sorpresa y el miedo convertidos en una repentina oleada de deseo.

«Para ahora mismo, detenlo».

Pero deseaba aquello. Aún recordaba cómo sus labios habían encendido sus sentidos esa noche...

Sin pensar, bajó las manos que sujetaban el corsé y dejó escapar un suspiro cuando Gio envolvió un pezón con los labios para tirar de él, despertando sensaciones olvidadas.

–Diez años no han sido suficientes –murmuró, sus pecaminosos ojos castaños cargados de deseo.

Issy se apartó, sujetando el corsé, cuando alguien llamó a la puerta.

¿Qué había pasado? ¿Cómo podía haber dejado ella que pasara?

¿Cómo podía Gio seguir afectándola de ese modo?

–Perdone, señor duque –escucharon una voz al otro lado de la puerta–. ¿Quiere que deje la bandeja en el pasillo?

–¡Un momento! –gritó Gio, sin dejar de mirarla–. Ponte ahí –dijo luego, en voz baja, señalando la pared detrás de la puerta.

El tono autoritario la sacó de quicio, pero se colocó donde le pedía. Tenía que irse de allí antes de que la situación empeorase.

–El brandy y el agua mineral, señor duque –anunció el empleado cuando Gio abrió al puerta–. Y el impermeable de la señorita. Estaba abajo, sobre un sillón.

–Ah, gracias.

Cuando se quedaron solos, Gio le pasó el impermeable, que Issy se puso a toda velocidad.

–Vamos a hablar –dijo luego, dejando la bandeja sobre una mesa.

–No, mejor no –replicó ella, intentando abrir la puerta de nuevo.

Pero Gio se lo impidió una vez más.

–Deja de portarte como una cría. Después de diez años pensé que habrías olvidado esa noche.

Issy apretó lo labios, airada.

–Por supuesto que la he olvidado. Ya no soy una niña.

Preferiría soportar las torturas del infierno antes de admitir que había llorado durante un mes cuando él se marchó. Y que había vivido con la absurda esperanza de que fuera él cada vez que sonaba el teléfono durante mucho más tiempo. Resultaba patético, pero era el pasado.

Podía tener un problema controlando la reacción de su cuerpo cuando estaba con él pero, afortunadamente, su corazón estaba a salvo. Ya no era la niña romántica que había creído que un simple encandilamiento juvenil era amor.

Pero eso no significaba que lo hubiese perdonado.

–Puede que fuese joven y tonta –Issy intentó disimular una mueca al recordar qué joven y qué tonta–. Pero por suerte yo aprendo rápidamente.

Lo bastante como para saber que nunca volvería a caer rendida a los pies de ningún hombre. Especialmente uno como Gio, que no sabía lo que era el amor.

–¿Entonces cuál es el problema? –preguntó él, encogiéndose de hombros–. Sigue habiendo una poderosa atracción entre nosotros... ese beso ha sido la prueba. No entiendo por qué te enfadas.

–¡No estoy enfadada! –gritó ella–. Para estar enfadada –siguió, bajando la voz– tendría que importarme y ya no me importa un bledo.

Luego se dio la vuelta para intentar salir de la habitación una vez más, pero de nuevo Gio se lo impidió.

–¿Quieres dejar de hacer eso? –exclamó Issy, exasperada.

–No vas a marcharte hasta que hayamos aclarado la situación –dijo él.

–¿Qué situación?

–Tú sabes muy bien a qué me refiero.

No, no lo sabía. ¿De qué estaba hablando?

–En caso de que no se haya dado cuenta, señor duque, este es un país libre. No puedes retenerme contra mi voluntad.

–No tengo intención de retenerte a la fuerza –Gio la miró de arriba abajo–. He venido a Londres para reformar Hamilton Hall y puedo hacerte una transferencia del dinero que necesites ahora mismo.

«¿Qué?».

De nuevo, la había dejado sin habla.

–Y no me digas que te gusta trabajar como *stripper* –siguió Gio, sin darse cuenta de su enfado– porque he visto que te quedabas petrificada cuando Carstairs puso sus pezuñas sobre ti. Imagino que era tu primer trabajo y pienso encargarme de que sea el último.

21

–No soy *stripper* –consiguió decir Issy, indignada–. Y aunque lo fuera, nunca estaría tan desesperada como para pedirte ayuda a ti.

Ella siempre había salido adelante sola. Se había esforzado mucho por ser independiente y estaba orgullosa de lo que había conseguido... aunque el banco estuviese a punto de quedárselo todo.

–¿Y qué demonios hacías ahí abajo si no eres stripper?

–Estaba entregando un telegrama musical.

Gio frunció el ceño.

–¿Un qué?

–Da igual –Issy hizo un gesto con la mano. ¿Por qué estaba dándole explicaciones?, se preguntó–. La cuestión es que no necesito tu ayuda.

–No seas boba –Gio le sujetó el brazo cuando intentaba abrir la puerta una vez más–. Es obvio que estás desesperada y yo te ofrezco una salida, sin ataduras. Serías muy tonta si no aceptases.

Issy intentó soltar su brazo, fulminándolo con la mirada.

–Sería más tonta si aceptase algo de ti –replicó, airada. Pero esa ira era un disfraz que ocultaba la sensación de derrota que la había perseguido durante años después de su partida–. ¿Es que aún no te has dado cuenta, Gio? Preferiría tener que desnudarme para tipos como Carstairs que aceptar un céntimo tuyo. Yo tengo principios y jamás aceptaría dinero de alguien a quien detesto.

Gio soltó su brazo como si le quemara e Issy aprovechó para abrir la puerta y salir de la habitación.

–Puede que tu cuerpo haya crecido, Isadora –oyó que le decía–. Una pena que sigas siendo una niña.

Cuando la puerta se cerró de golpe, Issy apretó los puños.

Si lo detestase de verdad...

Desgraciadamente, cuando se trataba de Gio Hamilton, nada había sido nunca tan sencillo.

Gio entró en el salón de la suite con la bandeja y, mientras se dejaba caer en el sofá, deseó por primera vez en muchos años tener un cigarrillo.

Se tomó el coñac de un trago, pero la quemazón en su garganta no consiguió aliviar su frustración... o el dolor en su entrepierna.

Issy Helligan era un campo minado.

Gio miró el bulto bajo sus pantalones.

Si eso no bajaba en un minuto se vería forzado a darse una ducha fría.

Apoyando la cabeza en el respaldo del sofá, miró el techo. ¿Cuándo había tenido que soportar una erección tan persistente?

El vívido recuerdo de Issy, su esbelto cuerpo apretado contra el suyo mientras iban en moto por la carretera de Hamilton Hall, apareció en su mente y la erección se hizo insoportable.

Era increíble. Aún podía recordar cada detalle de ese viaje como si hubiera sido el día anterior: los pechos de Issy aplastados contra su espalda, sus muslos abrazándolo, sus brazos enredados en su cintura… y la sorpresa que había experimentado unos minutos antes de eso, cuando atravesó la verja del colegio para subir a su Harley.

Había esperado ver a la chica gordita que recordaba, no a una escultural joven con el cuerpo y la cara de una diosa.

A los veintiún años, él tenía más experiencia con las mujeres que la mayoría de los chicos de su edad y desear a una cría de diecisiete que había sido una vez su única amiga, le había parecido un error. Pero no había podido controlar su reacción aquel día como no la había podido controlar unos minutos antes.

Gio murmuró una palabrota. Si el empleado del club no los hubiera interrumpido, las cosas habrían llegado mucho más lejos.

En cuanto probó el sabor de su piel y la oyó contener el aliento se había dejado llevar por el instinto, como le pasaba siempre con Issy.

Gio dejó escapar un suspiro mientras se ajustaba los pantalones.

Pero Issy había cambiado. Ya no era la apasionada adolescente que lo adoraba sino una mujer vibrante y preciosa… que lo detestaba.

Gio dejó la copa de coñac sobre la bandeja, frustrado por aquella extraña opresión en el pecho. No le importaba lo que Issy pensara de él. ¿Por qué iba a importarle?

Las mujeres solían reaccionar de manera exagerada con los asuntos del corazón. Él siempre había intentado dejar meridianamente claro que sólo estaba interesado en sexo y buena compañía, pero ellas nunca lo creían. Y haber heredado el título de su padre hacía que fuese más difícil convencerlas.

Unas palabras airadas nunca lo habían molestado antes durante una ruptura. ¿Por qué lo molestaban tanto las de Issy?

Gio frunció el ceño.

Con Issy nada tenía sentido por la sencilla razón de que dejaba de pensar cuando estaba con ella.

Bajando los pies de la mesa, Gio se sirvió un vaso de agua y lo tomó de un trago.

Había decidido desde muy joven no dejarse llevar por sus sentimientos o sus deseos y, sin embargo, se había visto controlado por ellos en cuanto vio a Issy en el salón.

Claro que no era la primera vez que Issy Helligan torpedeaba su autocontrol.

No podía dejar de recordarla a los diecisiete años: sus ojos brillantes, su precioso cuerpo iluminado por la luz de la luna, el olor a tierra mojada y el deseo en el aire…

Lo había pillado en un momento de debilidad diez años antes, pero seguía sin entender por qué se dejó seducir por ella. Por supuesto, la relación había terminado mal y era culpa suya.

Gio se pasó el vaso de agua por la frente. Maldita fuera Issy Helligan. A los diecisiete años había sido irresistible… ¿cómo podía seguir siéndolo?

¿Y por qué le preocupaba tanto? No volvería a verla, pensó. Le había ofrecido dinero y ella lo había rechazado, fin de la historia.

Gio se levantó para acercarse a la ventana… y vio una familiar melena pelirroja entre la gente. Con ese impermeable que apenas le tapaba el trasero y las altísimas botas que llegaban por la mitad del muslo, llamaba la atención de todo el mundo.

Mientras la observaba, disfrazada de prostituta de lujo, en su cerebro se formó una imagen de Issy diez años antes, con sus brillantes ojos azules llenos de inocencia y esperanza. Y escuchó el eco de su voz diciendo que lo amaría para siempre…

Y, de nuevo, volvió a sentir esa opresión en el pecho.

–Issy, tengo que darte malas noticias.

Issy miró a su ayudante, Maxi, que acababa de colgar el teléfono y estaba pálida como un cadáver.

–¿Qué ocurre? –le preguntó, con el corazón encogido. ¿Alguien de la compañía se había roto una pierna o algo igualmente catastrófico?

Maxi parecía relativamente serena; los momentos de pánico eran cosa de Issy. Aunque, en realidad, el asunto no podía ir peor.

Después de la catástrofe de la semana anterior, el negocio de telegramas musicales había quedado aparcado. Pero no les habían concedido ninguna ayuda oficial y había recibido respuestas negativas a todas las cartas que había enviado a posibles patrocinadores.

Y tenían la caldera estropeada. Eso no era un problema en verano, pero en cuanto llegase el otoño sería un gasto más que no podían permitirse. Eso, si el teatro seguía siendo suyo en otoño.

–Ha llamado el director del banco –dijo Maxi.

El corazón de Issy se encogió un poco más. Bueno, las cosas sí podían ir peor.

–Dice que tenemos que pagar los intereses en diez días. Si no encontramos las treinta mil libras, se quedarán con el teatro.

–¡Pero será…!

Al ver que Maxi se ponía aún más pálida, Issy se mordió la lengua.

–Será canalla. Sí hemos pagado algo, no todo, pero sí algo –exclamó, apretando el bolígrafo con unos dedos tan agarrotados como si sufriera *rigor mortis*–. No puede hacernos eso.

–Aparentemente, sí puede –Maxi suspiró–. El último pago que hicimos no cubre los intereses de un mes.

–Recuérdame que le envíe a ese cerdo más entradas gratis para el teatro –dijo Issy, irónica.

Pero, en realidad, no era culpa del director del banco. El teatro llevaba meses al borde del precipicio, lo único que él había hecho era darles el último empujón.

Issy se acercó a la ventana y miró el callejón al otro lado, que parecía más oscuro esa mañana.

Tal vez una pierna rota no habría estado tan mal. Tres semanas tumbada en la cama con una vía de morfina para controlar el dolor no podría ser peor que aquello.

Había fracasado completamente.

¿Cómo iba a darle la noticia a sus colegas? A Dave, el director, a Terri y Steve y el resto de los actores y técnicos, por no hablar de los acomodadores o las señoras de la limpieza. Habían trabajado tanto en los últimos años... muchos de ellos ofreciendo su trabajo de manera gratuita para que el café teatro fuera un éxito.

Y tendrían que parar todos los demás proyectos también: los colegios, la iglesia y el grupo de teatro juvenil...

—¿Entonces esto es el final? —preguntó Maxi.

Issy vio unas sospechosas lágrimas en los ojos de su ayudante.

—¿Vamos a tener que decírselo a Dave y los demás? Se van a llevar un disgusto enorme... todos han trabajado tanto.

—No, aún no —Issy se pasó una mano por la cara.

«Deja de ser tan gallina».

El café teatro Crown and Feathers no iba a cerrar su puertas mientras ella pudiese evitarlo.

—Por el momento, no vamos a decir nada.

—¿En serio?

No tenía sentido darle un disgusto a nadie hasta que no hubiese más remedio... y eso sería cuando llegase la policía para desahuciarlos.

—Tiene que haber alguna forma de conseguir ese dinero.

«Piensa, Issy, piensa».

Aún les quedaban dos semanas. Tenía que haber algo que pudiese hacer.

—No se me ocurre nada —dijo Maxi—. Las dos llevamos meses estrujándonos el cerebro y si hay algo que no hayamos intentando, seguramente no funcionaría de todas formas. Anoche soñé que le suplicábamos al príncipe Carlos que fuese nuestro patrono de honor.

—¿Y qué dijo? —le preguntó Issy.

—Desperté antes de que me diese una respuesta —Maxi suspiró—. Si conociéramos a alguien que estuviese forrado y sintiera pasión por el teatro, todos nuestros problemas estarían resueltos.

Issy tragó saliva. Esas palabras le recordaban a alguien a quien había intentado olvidar con todas sus fuerzas.

«No, no. Cualquiera menos Gio».

—¿Qué te pasa? Te has puesto pálida.

—Yo conozco a alguien. Es un duque.

—¡Un duque! —exclamó su ayudante—. ¿Eres amiga de un duque y no le has pedido dinero? ¿Le gusta el teatro?

—No tengo ni idea —respondió Issy. Y tampoco eran amigos exactamente—. Pero está forrado.

O eso creía. La verdad era que no tenía idea de cómo se ganaba la vida o si hacía algo para ganarse la vida. Pero era un duque y tenía una suite en uno de los clubs más exclusivos del mundo.

¿Y no había dicho algo sobre reformar Hamilton Hall? Si iba a reformar la casa, tenía que estar forrado.

Issy cruzó los brazos sobre el pecho para contener un cosquilleo en los pezones, algo que le había ocurrido de manera insistente en los últimos días, cada vez que pensaba en Gio. En Gio besándola, acariciándola y llevándola a....

Issy apretó los labios.

—¿Cuándo piensas volver a verlo? ¿Puedes ponerte en contacto con él ahora mismo? —insistió su ayudante—. ¿Qué te pasa? No pareces muy entusiasmada.

—No creo que sirviera de nada, Max.

Le había dicho que lo detestaba y, aunque en ese momento había sentido cierta satisfacción y dudaba que a Gio le importase lo que pensara de él, eso no iba a hacer que suplicarle fuera más fácil.

Maxi inclinó a un lado la cabeza.

—¿Exactamente de qué conoces a ese duque? Porque te has puesto colorada hasta la raíz del pelo...

—Lo conozco muy bien.

Y necesitaba una estrategia antes de volver a verlo. Una estrategia a prueba de bomba si quería mantener su dignidad, o una parte de ella, intacta.

Issy sintió como si hubiera vuelto atrás en el tiempo cuando bajó del tren en la diminuta estación de Hamilton's Cross. Era un viaje que había hecho docenas de veces en su infancia y adolescencia cuando su madre, Edie, era el ama de llaves de Hamilton Hall.

Al ver su reflejo en la puerta de cristal de la estación, Issy se felicitó a sí misma por el drástico cambio de su aspecto. El vestido de color esmeralda con zapatos a juego, acentuado por su collar favorito y unas gafas de sol, era mucho más sofisticado que el uniforme del colegio. Con el pelo ondulado en lugar de la bola de rizos de su infancia parecía más Rita Hayworth que Annie, la huerfanita.

Ese pensamiento le dio la confianza que necesitaba mientras se dirigía al puesto de periódicos que era, además, el despacho de billetes. Una confianza que necesitaba desesperadamente después de pasar la noche intentando desarrollar una estrategia para su encuentro con Gio.

Si no le hubiera dicho que lo detestaba...

Desgraciadamente, la estrategia que había elegido, mostrarse seria, profesional, y no perder la calma, parecía muy poca cosa a medida que se acercaba la hora.

Se apartó un rizo de la cara, sujetó el elegante bolso cartera sobre su hombro, el toque final de su imagen profesional. Llevaba allí toda la documentación del teatro, incluyendo detalles del préstamo, un proyecto económico y las buenas críticas que habían recibido en los últimos años.

Aunque estaba hecha un manojo de nervios después de una noche en vela imaginando todo lo que podía ir mal.

Descartada la idea de informar a Gio de su llegada, segura de que la mandaría a paseo, había decidido darle una sorpresa. Pero, por lo que había descubierto sobre él en Internet, el elemento sorpresa era lo único con lo que contaba.

La sorprendente revelación de que era un conocido arquitecto, famoso por sus diseños innovadores y con uno de los gabinetes de arquitectura más buscados de Europa no había ayudado a calmarle los nervios.

Muy bien, Gio era rico. Esa era la razón por la que estaba allí. Pero descubrir que el chico al que había idolatrado en su infancia había tenido tanto éxito la había conmovido de una manera extraña que no podía explicar.

Y eso sin contar con la reacción de su cuerpo cada vez que recordaba su encuentro en el club.

Pero estaba allí por una razón y no pensaba olvidarlo o perdería el teatro para siempre.

Tenía un plan: le hablaría del Crown and Feathers y haría todo lo posible para convencerlo de que invertir en el teatro podría ser interesante para su empresa.

Y si todo fallaba, le recordaría su oferta de ayuda económica. Pero bajo ninguna circunstancia dejaría que su pasado, o sus hormonas, la alejasen del objetivo. Fuera cual fuera la provocación, o la tentación.

–¿Eres tú, Issy Helligan? ¡Cuánto has crecido!

Issy sonrió al ver al hombre calvo sentado en el despacho de billetes.

–¡Frank, sigues aquí! –exclamó, contenta al ver un rostro familiar. Frank era, además del factor de la estación, el único taxista del pueblo.

–Aquí sigo –asintió el hombre–. ¿Qué tal está tu madre? ¿Sigue viviendo en Cornualles?

–Sí, le encanta vivir allí.

–Una pena la muerte del duque el verano pasado –dijo Frank entonces–. El hijo ha vuelto, no sé si lo sabes. Está reformando la casa. Aunque no vino al funeral, imagino que tu madre te lo habrá contado.

Edie no le había contado nada porque su madre sabía que no debía hablar de Gio después de ese infausto verano.

Pero que no se hubiera molestado en acudir al funeral no la sorprendió porque Gio y su padre nunca se habían llevado bien… bueno, eso era decir poco. El duque y su hijo tenían una relación marcada por discusiones y helados silencios, algo que su madre y ella habían presenciado durante los veranos que Gio pasaba en Hamilton Hall.

Una vez había fantaseado que Gio era un joven incomprendido, dividido entre dos padres que se odiaban el uno al otro y que usaban a su único hijo como arma arrojadiza. Pero había dejado de fantasear sobre él una década antes. Y no tenía el menor deseo de recordar a ese chico perpetuamente hosco porque eso podría hacer que subestimase al hombre en que se había convertido.

–¿Sabe si Gio está en la casa ahora? He venido a visitarlo.

Según los artículos que había leído vivía en Italia, pero había llamado a su gabinete en Florencia y allí le habían dicho que estaba en Inglaterra.

–Sí, esta aquí –respondió Frank–. Llegó ayer en helicóptero ni más ni menos… o eso me ha contado Milly, de la oficina de correos. Acabo de llevar a los concejales del ayuntamiento.

–¿Podría llevarme a mí también? –le preguntó Issy.

Frank sonrió, tomando las llaves del taxi.

—Para eso estoy aquí. Y el viaje es gratis, por los viejos tiempos.

Ella tragó saliva. No quería pensar en los viejos tiempos. Especialmente, en los tiempos con Gio.

Estaba decidida a olvidarlos, pero mientras recorrían la carretera que llevaba a Hamilton Hall, los viejos tiempos volvieron quisiera ella o no.

Capítulo Tres

Diez años antes

–No puedo creer que vayas a hacerlo esta noche. ¿Y si tu madre se entera?

–Calla, Melly –Issy miró a las chicas sentadas en la parte delantera del autobús–. Baja la voz.

No quería que nadie escuchara la conversación, especialmente porque ni siquiera quería mantener aquella conversación.

Cuando dos años antes le contó a su mejor amiga que iba a perder su virginidad con Giovanni Hamilton le había parecido algo emocionante, un tema prohibido del que hablaban durante el largo y aburrido viaje del colegio a casa cada día. Y entonces tenía tantas posibilidades de hacerse realidad como que Melly la perdiera con Gary Barlow, el cantante de Take That.

Gio era completamente inasequible. Cuando tenía quince años y él diecinueve, esos cuatro años de diferencia le habían parecido una eternidad.

Pero no siempre había sido así.

Cuando Issy y su madre se instalaron en Hamilton Hall y Gio apareció en verano, se hicieron amigos y colegas de aventuras inmediatamente. Para una chica de nueve años acostumbrada a pasar horas sola, Gio era un regalo del cielo. Un chico serio de trece años con unos ojos castaños tan bonitos que el corazón de Issy se volvía loco cada vez que la miraba. Además, poseía una fascinante colección de palabrotas en varios idiomas y una mente creativa con un talento natural para lo prohibido. Sí, Gio era más cautivador que cualquier personaje de los libros de aventuras.

Pero lo mejor de todo era que la necesitaba tanto como lo necesitaba ella. Issy veía tristeza en sus ojos cuando su padre le gritaba, algo que parecía ocurrir todo el tiempo, pero había descubierto que cuando hablaba con él, cuando lo hacía reír, ese brillo de tristeza desaparecía.

A los quince años, sin embargo, cuando formuló el plan de perder su virginidad con él, la amistad con Gio se había convertido en un enamoramiento adolescente.

Entonces tenía una figura que su madre insistía en llamar «femenina» pero que era en realidad gorda, mientras Gio era alto, delgado y guapísimo. Un moderno Heathcliff, con facciones de dios romano y un aire de chico malo que atraía las miradas de todas las mujeres a cuarenta kilómetros a la redonda.

A los diecinueve años, Gio ya tenía reputación de mujeriego y una noche, Issy había visto la prueba con sus propios ojos.

Había oído ruido en el comedor cuando bajó a buscar un vaso de agua y se acercó a la puerta, de puntillas. Y entonces, transfigurada, había visto a Gio tumbado sobre una mujer medio desnuda.

Issy había tardado un momento en reconocer a Maya Carrington, una divorciada de treinta años que había ido a Hamilton Hall a pasar el fin de semana por invitación del duque.

No había podido apartar la mirada de los dedos de Gio desabrochando el sujetador de encaje negro de Maya y se había puesto colorada como un tomate al ver que pasaba la lengua por los prominentes pezones para luego mordisquearlos mientras sus manos desaparecían entre las piernas de Maya…

Issy había vuelto a la cama intentando contener un extraño cosquilleo entre las piernas y esa noche había soñado que Gio le hacía a ella lo que le estaba haciendo a Maya. Esa noche y muchas otras. Despertaba siempre cubierta de sudor, sus pechos hinchados, los pezones rígidos y la misma sensación de cosquilleo entre las piernas.

Pero Gio nunca había dejado de tratarla como a una niña. Durante su última visita dos años antes, cuando le prestó a Maya tanta atención, apenas le había dirigido la palabra. Pero entonces, el día anterior, había ocurrido algo mágico: Gio había aparecido en la puerta del colegio en su moto para decirle que el autobús había tenido una avería y su madre le había pedido que fuese a buscarla.

No lo había visto en dos largos años y el roce de su espalda en sus pechos adolescentes había hecho que sus hormonas se volvieran locas. Issy había pasado el día reviviendo esa experiencia al detalle para sus compañeras, pero en realidad había tenido que inventar la mayoría de las cosas porque estaba tan emocionada que no recordaba nada.

Y luego, por la mañana, lo había pillado mirándola mientras desayunaban con su madre y, por un segundo, le había parecido ver en sus ojos un brillo especial.

No sólo estaba encandilada por Gio, lo amaba. Completamente. Y no sólo porque fuera un chico exótico que gustaba a todas las chicas sino porque sabía cosas de él que no sabía nadie más.

Desgraciadamente, sus intentos de flirtear con él esa mañana habían sido totalmente ignorados.

Pero era hora de tomar cartas en el asunto.

¿Y si Gio no volvía a Hamilton Hall en otros dos años? Entonces sería una anciana de diecinueve y él podría haberse casado. Esa noche haría que se fijase en ella, decidió. Iría a su habitación para hacer lo que había hecho con Maya Carrington dos años antes. Pero esta vez sería mil veces más especial porque ella lo amaba y Maya no.

Claro que no debería haberle contado el viaje en moto a su amiga porque Melly había sumado dos y dos y, lamentablemente, ya era imposible que dejase el tema.

–¿Qué dirá tu madre?

–Nada, mi madre no se va a enterar –dijo Issy susurrando.

Hasta ese momento se lo contaba todo a su madre. Llevaban solas muchos años y Edie era su confidente y su amiga. Pero cuando intentó sacar el tema de Gio después del desayuno, su madre se había mostrado extrañamente severa.

–No pierdas el tiempo, hija. Gio tiene muchas cosas en la cabeza –le había dicho crípticamente mientras amasaba pan–. Te he visto tontear con él y, aunque entiendo que te guste un chico tan guapo como Gio, no quiero que te lleves un disgusto cuando te rechace.

Ese comentario había hecho que Issy se sintiera como una cría, siempre excluida de todas las conversaciones importantes y detrás de Gio como una cachorrita enamorada.

¿Qué cosas tenía Gio en la cabeza? ¿Por qué nadie se lo contaba? ¿Y por qué estaba su madre tan segura de que iba a rechazarla? Ella sólo quería ayudarlo, estar a su lado y saber qué era besar a un hombre de verdad.

Todo el mundo la trataba como si fuera demasiado joven, cuando no lo era.

Le gustaría decirle eso a su madre, pero decidió no hacerlo. Edie parecía tan preocupada cuando oyó discutir a Gio con su padre la noche anterior…

–¿Tienes preservativos? –insistió Melanie.

–Sí –respondió Issy. Los había comprado un mes antes, por si acaso Gio iba a Hamilton Hall ese verano. Había ido hasta Middleton a comprarlos para que la señora Green, la farmacéutica de Hamilton's Cross, no se lo contase a su madre.

–¿Y no te da miedo que te haga daño? Jenny Merrin dice que le dolió muchísimo cuando lo hizo con Johnny Baxter y seguro que Gio… –Melanie hizo una pausa teatral–. Bueno, es dos veces más alto que Johnny.

–No, no me da miedo –respondió Issy, que empezaba a lamentar aquella conversación.

Seguramente dolería un poco, pero ella no era una cobarde. Y si una amaba a un hombre, no le preocupaba lo grande que fuera su pene. Había leído en la revista *Cosmopolitan* la semana anterior que el tamaño no importaba.

Cuando el autobús tomó el camino que llevaba a Hamilton Hall, Issy dejó escapar un suspiro de alivio. Quería llegar a casa lo antes posible porque tenía muchas cosas que hacer: darse un baño, lavarse el pelo, depilarse las piernas, arreglarse las uñas, probarse los diferentes conjuntos que había elegido meses antes. Aquella iba a ser la noche más importante de su vida y quería estar perfecta para demostrarle a Gio que ya no era una niña.

Sentía ese cosquilleo extraño entre las piernas todo el tiempo y sabía que iba a hacer lo que debía.

Cuando el autobús se detuvo saltó del asiento, pero Melanie le agarró el brazo.

–Me das una envidia… Gio es guapísimo. Espero que no te duela mucho.

–Ya verás como no –dijo ella.

Gio nunca le haría daño intencionadamente, de eso estaba segura.

Habían cambiado muchas cosas en los últimos años, pero eso no cambiaría nunca. Antes de enamorarse de él, Gio había sido como un hermano mayor que la escuchaba cuando hablaba de su padre, al que apenas recordaba, y le decía que no debería entristecerse por no tenerlo porque los padres eran un asco.

Las cosas siempre habían sido difíciles entre Gio y su padre, tanto que ya apenas iba a Hamilton Hall y cuando iba parecía llevar un escudo que alejaba a los demás.

Pero esa noche lo recuperaría. El chico arisco y serio sería su amigo otra vez pero, además, sería su amante y entonces podría contarle cualquier cosa. Y todo sería maravilloso.

Issy abrió la verja del huerto y se mordió los labios cuando la madera crujió. En la oscuridad, respiró el olor a manzanas... y a tabaco. Gio estaba allí, fumando un cigarrillo.

En silencio, se quitó los zapatos. Eso arruinaría el conjunto que se había puesto, pero no quería tropezarse con los tacones. Después de esperar casi tres horas a que Gio volviera a casa estaba nerviosa y caerse de bruces no la ayudaría nada.

Nerviosa, se llevó una mano al estómago para contener las mariposas que parecían revolotear allí dentro. Escudriñando la oscuridad pudo ver la punta encendida de un cigarrillo y su corazón se volvió loco. Gio siempre iba al huerto cuando discutía con su padre, por eso había sabido que lo encontraría allí.

–¿Gio? –lo llamó, caminando de puntillas hasta la figura medio escondida bajo un árbol.

–¿Qué quieres? –le espetó él, aplastando el cigarrillo con la bota. Lo había dicho con tono brusco, pero ella sabía que no pretendía ser cruel.

Issy no sabía por qué le había gritado su padre esta vez, pero sabía que había sido una pelea desagradable, peor que la de la noche anterior.

–¿Estás bien? Te he oído discutiendo con tu padre…

–Estoy bien –la interrumpió él–. Márchate, Issy.

Sus ojos empezaban a acostumbrarse a la oscuridad y podía ver sus facciones: los altos pómulos, las cejas oscuras, la línea de la mandíbula.

–No pienso irme. Sé que no estás bien.

–Lo digo en serio, Issy. No estoy de humor.

Pero ella dio un paso adelante, sintiendo como si estuviera rodeando a un animal salvaje.

–No pienso irme a ningún sitio –repitió, con voz temblorosa pero decidida–. ¿Qué te ha dicho, Gio? ¿Por que estás tan disgustado? –insistió, poniendo una mano en su torso.

–¡No me toques!

De nuevo, lo había dicho con brusquedad, pero Issy sabía que estaba sufriendo.

–¿Por qué no? Quiero tocarte.

–¿Ah, sí?

De repente, Gio la tomó por la cintura y la apretó contra su torso. Estaban tan cerca que podía sentir cada centímetro de él. Un bulto rozaba sus piernas y, por instinto, se apretó contra él.

Gio murmuró una palabrota antes de apoderarse de sus labios, sujetando su cabeza mientras la invadía con su lengua. Issy dejó escapar un gemido, agarrándose a su camiseta con las dos manos, rendida a unas emociones tan nuevas que le daba vueltas la cabeza.

Pero Gio se apartó de repente.

—¿Qué demonios estás haciendo?

—Devolviéndote el beso —respondió ella, desconcertada.

¿Por qué había dejado de besarla?

—Pues no lo hagas —dijo él, volviendo a cruzarse de brazos.

—¿Por qué no? —insistió Issy. Quería que siguiera besándola, que no dejase de hacerlo nunca.

—Márchate, no sabes lo que estás haciendo. Yo no soy uno de esos críos del pueblo con los que practicas. Y no me acuesto con niñas.

—Yo no soy una niña. Soy una mujer con deseos de mujer —replicó Issy, esperando que esa frase que había leído en las novelas románticas no sonase demasiado ridícula.

—Sí, seguro… ¿cuántos años tienes?

—Casi dieciocho —respondió ella. Bueno, los tendría en seis meses, pero no había necesidad de recordarle eso—. Y sé lo que hago.

Los dos se quedaron en silencio. Issy podía escuchar los frenéticos latidos de su corazón y el sonido de sus respiraciones…

Gio alargó entonces una mano y le pasó el pulgar por la mejilla.

—Por favor, no me tientes a menos que estés segura —murmuró.

–Estoy segura –afirmó ella–. Estoy segura desde hace mucho tiempo.

Gio la necesitaba, no lo había imaginado. Y pensar eso era tan emocionante que tuvo que apretar las rodillas para no caer al suelo.

–¿Tú sabes lo que es desear a alguien?

–Te deseo, Gio. ¿Tú no me deseas?

Era la pregunta más difícil que había hecho nunca y si le decía que no se quedaría desolada, de modo que contuvo el aliento.

Gio le enredó los dedos en el pelo.

–Sí, te deseo, Isadora, te deseo demasiado –respondió por fin, aplastándola contra su pecho para trazar con la lengua el contorno de sus labios con una ternura que la hizo temblar.

–¿Seguro que sabes lo que estás haciendo? No quiero hacerte daño.

–No me harás daño. No podrías hacérmelo.

Gio le tomó la mano.

–Vamos dentro.

Nerviosa como nunca, Issy tropezó mientras la llevaba hacia la escalera, pero subió los peldaños de dos en dos aunque le temblaban las piernas. Cuando Gio abrió la puerta de su habitación, su corazón latía con tal fuerza que temía que pudiese oírlo.

Pero cuando iba a encender la luz, le sujetó la mano.

–¿Podrías dejarla apagada?

–¿Por qué?

Issy buscó alguna excusa. Si supiera lo inexperta que era podría rechazarla y eso sería insoportable.

–Es más… romántico así.

Gio la estudió, en silencio, durante lo que a ella le pareció una eternidad antes de atravesar la habitación para abrir las cortinas, dejando entrar la luz de la luna.

–Yo no tengo relaciones serias –dijo luego, besándole la frente–. Lo sabes, ¿verdad?

Ella asintió con la cabeza porque no confiaba en su voz. Pero eso cambiaría, pensó, cuando le hubiera demostrado cuánto lo amaba.

Le había dicho que ya no era una niña y era hora de demostrarlo.

–Sí, lo sé –respondió, enredándole los dedos en el pelo.

Gio la empujó contra la puerta, capturando su cintura con las manos.

–Entonces, de acuerdo –murmuró, mordisqueándole el lóbulo de la oreja.

Issy se estremeció, el cosquilleo de su entrepierna se convirtió en una tortura. Tuvo que recordarse a sí misma que debía respirar mientras él le bajaba la cremallera del vestido y se agarró a su cuello, mareada de emoción cuando la tomó en brazos.

Estaba pasando por fin. Después de años de fantasías, sus sueños estaban haciéndose realidad.

Después de dejarla sobre la cama, Gio se quitó la camiseta. Pero Issy apartó la mirada, tímida de repente, cuando empezó a quitarse el cinturón.

Era tan fuerte, tan masculino, tan poderoso… el colchón se hundió cuando se tumbó a su lado y sintió un bulto rozándole los muslos.

En sombras tenía una expresión dura, seria, mientras liberaba sus pechos del sujetador.

–Eres preciosa, Issy –dijo con voz ronca, acariciando un pezón con el dedo–. Quiero verte bien... vamos a encender la luz.

Pero ella negó con la cabeza.

–No, prefiero a oscuras.

–Muy bien, pero la próxima vez lo haremos a mi manera.

El corazón de Issy se animó cuando dijo: «La próxima vez». Y más aún cuando se inclinó para capturar el pezón entre los labios.

La sensación era tan nueva para ella, tan poderosa. Sin pensar, se arqueó hacia él, sintiendo una extraña humedad entre las piernas.

–Abre las piernas, *bella* –susurró Gio.

Ella obedeció y cuando empezó a acariciarla con los dedos sintió algo... algo desconocido que la golpeó con la fuerza de un *tsunami*.

–Maldita sea, Issy, no puedo esperar –murmuró Gio, colocándose sobre ella–. ¿Puedo?

Issy no entendió a qué se refería, pero asintió con la cabeza mientras él buscaba algo en el cajón de la mesilla. Y un segundo después lo sintió, enorme y duro y sin embargo suave como el terciopelo, abriendo su carne. La primera embestida le provocó un dolor intenso, tanto que tuvo que contener un sollozo.

Gio se apartó.

–Issy, ¿qué...?

–Por favor, no pares –dijo ella, agarrándose a sus hombros–. No me duele.

Era cierto. El dolor se había convertido en una abrumadora presión... y quería saber qué había después.

Murmurando una palabrota, Gio empujó un poco más, con cuidado, mientras ella deslizaba las manos por su piel satinada. Lo oyó gemir y oyó también sus propios sollozos de placer mientras el *tsunami* volvía, más poderoso que el anterior, haciéndola gritar.

–Por el amor de Dios, Issy, eras virgen.

Ella abrió los ojos... y la luz de la lámpara se encendió, cegándola momentáneamente.

–Lo sé –asintió, tapándose la cara con el brazo. ¿Qué había hecho?

–Cálmate, tranquila –dijo Gio, abrazándola–. Deja de temblar. Lo siento, Issy. ¿Estás bien? ¿Te he hecho daño?

Ella abrió los ojos de nuevo. La suave luz iluminaba claramente sus facciones y sintió una oleada de amor más intensa, más real que nunca.

–Estoy bien –murmuró, suspirando. De hecho, nunca se había sentido mejor en toda su vida–. No imaginaba que pudiera ser tan maravilloso.

Gio se apartó un poco para levantarle la barbilla con un dedo.

–Espera un momento... ¿por qué no me lo habías dicho?

–No-no te entiendo –tartamudeó ella.

Gio se levantó entonces y verlo pasear desnudo

por la habitación hizo que el cosquilleo entre sus piernas despertase a la vida. Pero entonces Gio volvió a ponerse los pantalones y la camiseta.

–¿Ocurre algo? –le preguntó. Aquello no iba bien. No era así como tenía que ser. Aquel era el momento en el que debían declararse amor eterno el uno al otro.

–Te pregunté si eras virgen. ¿Por qué me has mentido?

–Yo...

¿Le había preguntado? Issy sacudió la cabeza.

–Yo no... no quería mentir.

–¿Cómo que no? –Gio sacó una bolsa de viaje del armario y empezó a abrir los cajones de la cómoda.

–No lo entiendo. ¿Qué estás haciendo?

–Me marcho –respondió él, volviéndose para mirarla–. Siento mucho haberte hecho daño. Debería haber parado cuando me di cuenta de que lo que pasaba, pero no podía... no sé a qué estás jugando, pero se ha terminado.

–No es un juego –Issy se agarró a las sábanas, de rodillas sobre el colchón. Era un absurdo malentendido, él la quería, la necesitaba. Ella lo necesitaba. ¿No acababa de demostrárselo?

–Tengo que irme, lo siento.

–Te quiero, Gio. Siempre te he querido y siempre te querré.

Él se quedó inmóvil, mirándola con expresión cínica.

–No seas niña, por el amor de Dios.

Sus crueles palabras hicieron que Issy cayera sobre la cama, atónita. No podía marcharse así después de lo que habían hecho...

–No te vayas, Gio. Tienes que quedarte.

Él se volvió, con la mano en el picaporte.

–Aquí no hay nada para mí –le dijo. Y la amargura que había en su voz hizo que la agonía de Issy fuese mil veces peor–. Nunca lo ha habido.

Un sollozo escapó de su garganta y las lágrimas empezaron a rodar por su rostro.

–No llores, Issy. Créeme, no merece la pena. Cuando te des cuenta, tú misma me darás las gracias.

Capítulo Cuatro

El presente

Issy apretó el asa del bolso.

¿Cómo podía recordar con tal claridad cada detalle de aquella noche?

No sólo la angustia y el dolor sino la euforia y la esperanza que había sentido... incluso el intenso placer. ¿Cuántas veces lo había recordado en los meses y años que siguieron? ¿Cientos, miles?

Demasiadas veces, eso desde luego.

Pero no quería pensar en la opresión que sentía en el pecho al recordar las palabras de despedida de Gio. Ya no podían dolerle, sus lágrimas se habían secado mucho tiempo atrás.

Gio tenía razón sobre una cosa: debería darle las gracias. Porque él le había enseñado una lección importante, a no abrirle su corazón a nadie hasta que estuviera segura de que el príncipe no era una rana. Y a no dejarse engañar por un bonito envoltorio.

–Ya casi hemos llegado –dijo Frank–. Ya verás lo que ha hecho con la casa. Es asombroso, te lo digo yo. Debe haberle costado una fortuna.

Issy respiró profundamente. Tenía que dejar de

pensar en el pasado. Tenía que subir una montaña concentrándose en el presente.

Pero cuando miró por la ventanilla se quedó helada.

Lo que había hecho con Hamilton Hall era asombroso, pensó mientras salía del taxi y miraba la maravillosa entrada. Gio no sólo había reformado la casa, la había mejorado. La piedra blanca brillaba bajo el sol, las columnas del porche que de pequeña siempre le habían parecido impresionantes seguían allí, pero había añadido una terraza que le daba un agradable aspecto mediterráneo.

No pudo convencer a Frank para que aceptase dinero por el viaje, pero se despidió de él con un abrazo y mientras el taxi se alejaba, Issy miró la casa de nuevo. ¿Por qué la transformación de Gio hacía que se sintiera amedrentada?

«No seas boba. Recuerda que esto no es algo personal. Es por el teatro. Nada de recordar el pasado. El pasado ha muerto y así tiene que ser».

–¿Puedo ayudarla?

Issy vio a un joven rubio saliendo de la casa.

«Hora de levantar el telón».

–Mi nombre es Isadora Helligan. He venido a ver a Giovanni Hamilton.

–Soy Jack Bradshaw, el ayudante de Gio –se presentó el joven–. Lo siento, él no me ha dicho que esperase visita… ¿había quedado con Gio?

«No».

–Sí –mintió Issy–. Imagino que habrá olvidado decírselo.

Si iba a echarla de allí, tendría que hacerlo personalmente.

–Bueno, no es la primera vez. Los genios no ponen mucha atención a cosas tan poco importantes como la agenda –el joven señaló la puerta–. Está con el jefe de obras en el jardín. ¿Quiere entrar?

Mientras Jack la acompañaba por el interior de la casa, Issy admiró los cambios que había hecho.

¿Cómo había conseguido tanta luz en el interior del edificio? ¿Y cómo era posible que pareciese tan espaciosa y abierta cuando antes era oscura y sombría?

Cuando llegaron al jardín y vio a Gio, Issy tuvo que tragar saliva. Alto y guapísimo con un pantalón de lino gris y una camisa blanca, estaba al otro lado de la piscina charlando con un par de hombres.

Casi como si hubiera intuido su presencia, giró la cabeza…

Y casi podría jurar que sentía el calor de su mirada mientras estrechaba la mano de los dos hombres antes de acercarse a ella pisando la hierba recién cortada…

Siempre le había encantado cómo se movía, con ese paso lánguido y relajado, como si estuviera totalmente cómodo en su propia piel. Gio era un hombre que llamaba la atención, incluso de adolescente. Pero la edad lo había hecho más atractivo.

Con la piel bronceada, los hombros anchos, las caderas delgadas, ese rostro de estatua romana y su espeso pelo castaño, que una vez había llevado en una coleta para irritar a su padre pero que ahora llevaba más corto, el flequillo cayendo sobre la frente...

No era una sorpresa que lo hubiese idolatrado una vez. Incluso que lo hubiera confundido con un príncipe. Afortunadamente, ahora sabía que los ídolos tenían los pies de barro.

Y, sin embargo, se le aceleró el pulso al verlo y tuvo que hacer un esfuerzo para respirar con normalidad.

¿Qué le pasaba? ¿El estrés de los últimos meses la había convertido en una ninfómana?

–Qué sorpresa, Isadora –la saludó él–. Hoy tienes un aspecto más... sofisticado.

–Hola, Gio –dijo ella, intentando mostrarse serena y profesional, a pesar de que sus pezones se habían levantado bajo el sujetador–. Siento haber venido sin decírtelo, pero hay algo importante de lo que me gustaría hablar contigo.

Él bajó la mirada hasta sus pechos.

–¿Ah, sí?

Issy cruzó los brazos para ocultar su inapropiada reacción. ¿Por qué no se había puesto un sujetador con relleno?

–¿Te importa si hablamos en privado?

Si iba a humillarla, prefería que no lo hiciera en público y había varios empleados mirándolos desde el otro lado de la piscina.

–Hay gente por toda la casa –dijo él–. El único sitio en el que estaremos solos es en mi dormitorio.

«¿Qué?». «No, de eso nada».

Por supuesto, Gio la miraba con una sonrisa insolente. Esperaba que declinase la invitación porque pensaba que no era capaz de lidiar con el pasado, que no era capaz de lidiar con él.

«Pues te equivocas, amigo».

–Me parece muy bien –respondió, aunque tenía la garganta más seca que el desierto de Gobi–. Si a ti no te importa –añadió, con aire desafiante.

–No, en absoluto –replicó Gio–. Creo que conoces el camino.

Maldito fuera.

Subieron juntos la escalera sin decir una palabra, pero su silencio empezaba a irritarla. ¿Cómo podía estar tan relajado?

Pero claro, lo que había ocurrido en ese dormitorio diez años antes no había significado nada para él. Y tampoco debería significar nada para ella.

Sin embargo, cuando abrió la puerta tuvo que hacerse la fuerte. Allí estaba su aroma, esa combinación a jabón y hombre, más potente esta vez sin el olor a tabaco.

Issy notó que se ponía colorada cuando entró en la habitación donde una vez había perdido la inocencia. Y donde sus sueños habían quedado destruidos.

Las paredes estaban pintadas de blanco y la cama era nueva, pero los recuerdos seguían allí, tan vívidos como si hubiera sido el día anterior.

–Bueno, ¿qué es eso tan importante que tienes que contarme?

Issy lo vio apoyado en la puerta, los brazos cruzados sobre el pecho, la expresión indiferente.

–La semana pasada me ofreciste dinero.

Él levantó una ceja, sorprendido.

–¿Y bien?

–Quería saber si la oferta sigue en pie.

–¿Has venido a pedirme dinero?

–Sí.

–Ah, vaya –Gio se apartó de la puerta–. ¿Y qué ha sido de la mujer cuyos principios jamás la dejarían rebajarse a pedirme nada?

Se detuvo frente a ella, tan cerca que podía sentir el calor de su cuerpo.

–Eso es lo que dijiste, ¿verdad?

–Y te pido disculpas –dijo Issy, dispuesta a hacer lo que tuviera que hacer. Sabía muy bien que estaba intentando intimidarla. Nunca debería haber dicho eso, pero Gio la había provocado.

–Creí que no te importaba lo que pensara de ti.

–Te sorprendería saber las cosas que me importan –dijo él entonces, pasándole un dedo por la mejilla.

Ella dio un paso atrás.

–Creo que debería marcharme –murmuró, perdiendo el valor.

¿Qué la había poseído para ir allí? Gio no iba darle dinero. Lo único que iba a conseguir era humillarse para nada.

Pero cuando intentó darse la vuelta, Gio la tomó del brazo.

–¿No era tan importante?

Desesperada, Issy soltó su brazo de un tirón. Aquello no era un juego, al menos no lo era para ella.

–Es muy importante. Aunque tú no lo entenderías.

Siempre había estado dispuesta a luchar por aquello en lo que creía. Gio no lo había hecho porque él no creía en nada.

–¿Qué me darías a cambio? –le preguntó él entonces.

–¿Qué es lo que quieres?

–Tú sabes lo que quiero. Y tú también lo quieres, Isadora. Pero siempre tienes que endulzarlo con todas esas tonterías románticas.

–¿Sexo? –exclamó Issy–. ¿Eso es lo que quieres?

Gio seguía pensando que era una ingenua virgen que esperaba amor y compromiso de por vida. Pero no lo era.

–Si eso es lo que quieres, ¿por qué no lo tomas? –lo retó, disfrutando al ver que sus ojos se oscurecían–. Y no te preocupes, esta vez no voy a endulzarlo.

Gio se apoderó de sus labios, acariciándole el pelo mientras la invadía con su lengua. Issy se agarró a sus hombros para devolverle el beso, la tormenta de deseo haciendo que olvidase el dinero que necesitaba para el teatro.

Gio fue el primero en apartarse, pero sólo para tomarla en brazos. Cuando cayó sobre la cama, Issy sentía como si estuviera deslizándose por las cataratas del Niágara en un barril, aterrorizada y excitada al mismo tiempo.

Gio le quitó el vestido y el sujetador con manos torpes y ella tiró de su camisa, haciendo saltar los botones.

Al contrario que esa primera vez, cuando quería esconderse de su mirada, disfrutó al ver que sus pezones se endurecían bajo la mirada masculina.

—Maldita sea, eres más bella de lo que recordaba.

Esas palabras le llegaron al corazón, pero la emoción se perdió cuando Gio se inclinó hacia delante para tomar un pezón entre los labios. Un gemido escapó de su garganta mientras sujetaba la cabeza de Gio, el roce de su barba haciendo que corriese un río de lava entre sus piernas.

Lo miró, como hipnotizada, mientras se apartaba para quitarse la ropa a toda prisa.

Una vez había tenido miedo de mirarlo, pero ahora devoraba con los ojos la belleza masculina de su cuerpo: la piel bronceada, el estómago plano y los flancos poderosos, todo llamaba su atención.

Pero entonces su mirada se clavó en la magnífica erección y se quedó sin aliento cuando volvió a la cama, acorralándola.

Issy alargó una mano para acariciarle el miembro y el deseo aumentó cuando palpitó en su mano.

Pero Gio se apartó para meter los dedos bajo sus braguitas, buscando su húmedo centro... las sensaciones abrumándola mientras acariciaba el capullo escondido entre los rizos. Issy sollozó, a punto de llegar al orgasmo, pero Gio se apartó de nuevo.

—¡No pares! —gritó ella.

Él rio mientras le quitaba las braguitas y las tiraba al suelo, inclinándose hacia delante para hablarle al oído.

—Voy a estar dentro de ti cuando termines.

Issy hubiera querido replicar, pero apenas podía llevar aire a los pulmones. Se había olvidado de todo, perdida en los frenéticos latidos de su corazón mientras Gio sacaba un preservativo de la mesilla.

Y se estremeció cuando se enterró en ella hasta el fondo.

Era tan grande y tan abrumador como lo había sido diez años antes, pero esta vez no estaba asustada y se agarró a él, levantando las caderas para acostumbrarse a la brutal penetración.

Issy jadeaba, su piel cubierta de sudor. Intentaba contenerse, hacer que durase, pero las rítmicas embestidas la llevaban hacia el orgasmo a una velocidad de vértigo.

–Quédate conmigo, *bella* –murmuró Gio, clavando en ella sus ojos de color chocolate.

Issy explotó, gritando de placer, y un segundo después Gio gritaba también antes de caer sobre ella.

–Nunca había terminado tan rápido.

Issy se puso tensa al escuchar sus palabras. Seguía enterrado en ella, aún erecto, su cuerpo anclándola a la cama.

Issy empujó su hombro e intentó mover las piernas, pero era imposible.

–Déjame, tengo que irme.

–¿Qué ocurre?

Debía estar de broma.

¡Acababan de tener relaciones sexuales cuando ni siquiera se caían bien!

Issy cerró los ojos, apartándose de él, el escozor entre sus piernas era un recordatorio de lo que acababa de ocurrir.

No era sólo un error, era una locura. El momento más humillante de su vida.

—Absolutamente nada —respondió, el olor a sexo la ahogaba mientras se levantaba, dispuesta a salir huyendo.

Pero Gio la sujetó por la cintura para que volviese a la cama.

—Espera…

—De verdad, tengo que irme.

—¿Por qué tanta prisa? Aún no has conseguido lo que venías a buscar.

—Yo… yo no…

Issy se aclaró la garganta, recordando la brevísima conversación que habían mantenido antes de terminar en la cama. No había querido darle a entender que se acostaría con él por dinero, pero el deseo y el resentimiento se habían mezclado…

Y el sexo en esas circunstancias se convertía en algo sórdido.

—El dinero no es la razón. No espero que me pagues por acostarte conmigo.

—Ya lo sé, Issy. Pero después de lo que pasó en el club, esto era inevitable —Gio sonrió—. Y, francamente, me siento insultado. Yo no pago a las mujeres por acostarme con ellas.

Issy parpadeó, furiosa.

—Me alegro de que lo entiendas —le dijo, intentando recuperar parte de su dignidad mientras estaba desnuda y colorada de los pies a la cabeza–. ¿Vas a soltarme o no?

–¿Por qué tanta prisa? Ahora que nos hemos quitado eso de en medio, ¿por qué no vamos a hablar de dinero?

«Porque prefiero morirme».

Issy se dio la vuelta, perpleja por su actitud relajada. ¿Tan fácil era para él olvidar lo que acababa de ocurrir?

Ella nunca se había acostado con un hombre para olvidarlo un segundo después, como si no fuera nada importante, y se sentía fatal. ¿No se sentía él un poco avergonzado de su comportamiento?

Por su expresión, aparentemente no.

–Sí, bueno, ahora que nos hemos quitado eso de en medio no quiero hablar de nada más –le dijo. Porque ella, al menos, tenía escrúpulos–. Necesito vestirme, me estoy quedando helada.

Era mentira porque el sol entraba por las ventanas y también porque podía sentir algo duro contra su estómago.

Gio le acarició el pecho, haciéndola sentir un escalofrío que no tenía nada que ver con la temperatura.

–Te dejaré vestirte con una condición: que no salgas corriendo.

Issy asintió con la cabeza. Tener una conversación con él fuera de la cama sería lo más seguro, pensó.

Para su consternación, Gio no hizo el menor esfuerzo por vestirse y, sencillamente, se quedó en la cama, totalmente relajado, con las manos en la nuca, mirándola mientras buscaba su ropa por el suelo.

–¿Qué estás haciendo?

–Intentando vestirme, si no te importa.

Evidentemente, a él no le daba ninguna vergüenza su desnudez, como demostraba que estuviese tumbado con la sábana apenas ocultando el bulto entre sus piernas. Parecía que estuviese haciendo una prueba para modelo de *Playgirl*.

–¿No es un poco tarde para hacerse la tímida?

Issy lo fulminó con la mirada mientras se ponía el vestido a toda prisa.

–Supongo que sí. Gracias por recordármelo.

¿Por qué los hombres siempre tenían que decir lo que era obvio?

Mientras intentaba abrocharse la cremallera vio que el bajo del vestido estaba suelto… Gio lo había descosido en sus prisas por quitárselo.

–¿Necesitas ayuda?

Suspirando, Issy se sentó en la cama. Cuanto antes se vistiera, antes podría irse de allí.

–No puedo abrocharla.

Pero, en lugar de abrochar la cremallera, Gio le apartó el pelo de la espalda y le acarició el cuello con un dedo.

–No me estás ayudando nada.

Riendo, él subió la cremallera por fin.

–¿Cuánto dinero necesitas?

Esa pregunta hizo que se ahogase de vergüenza.

¡El teatro! Se había olvidado del teatro.

¿Qué iba a hacer? Gio era su última esperanza,

pero no podía pedirle que pusiera dinero en el teatro. Eso la haría parecer una fresca y, además, no iba a dárselo.

–No quiero dinero.

¿Cómo podía haber sido tan irresponsable?

–¿Ah, no?

Issy se mordió los labios.

«No llores, no te atrevas a llorar».

Tendría que encontrar otra manera de encontrar el dinero para pagar al banco.

–¿Por qué tengo la sensación de que estás mintiendo?

–No estoy mintiendo. No pasa nada.

Gio le levantó la barbilla con un dedo para obligarla a mirarlo.

–Si vuelves a decir eso me voy a enfadar de verdad. Yo estaba ahí cuando te rompiste la muñeca, ¿recuerdas? Tenías doce años y te dolía mucho. Y, sin embargo, te negaste a derramar una sola lágrima. Ahora mismo pareces a punto de ponerte a llorar, de modo que tiene que haber una razón.

Issy apartó la mirada, turbada por el recuerdo. No había llorado ese día porque cuando aquel dios de dieciséis años la encontró en el suelo se olvidó del dolor por completo. Gio la había llevado en brazos hasta la casa y esa experiencia había aparecido en sus sueños durante meses.

Pero la brusca ternura de Gio aquel día no era algo en lo que debiera pensar en ese momento.

–Tal vez las cosas no estén bien del todo –admitió por fin–. Pero me las arreglaré.

–Espero que no pienses arreglártelas quitándote la ropa.

–Lo del otro día, en el club, era un telegrama musical. Hay una gran diferencia.

–Ah, ya –Gio no parecía convencido–. ¿Para qué es el dinero? ¿Tienes problemas económicos?

–No, yo no. Es el café teatro Crown and Feathers, soy la directora desde hace cuatro años y el banco está a punto de quedárselo –Issy miró sus manos, la enormidad de la situación la abrumó de repente–. Toda la gente que trabaja allí y todos los que nos han apoyado durante este tiempo se llevarán un disgusto de muerte. Y es culpa mía.

Lo había estropeado y a menos que ocurriese un milagro, no habría forma de salvar el teatro.

Gio miraba los pálidos hombros de Issy, rígidos de tensión, y la mano que sujetaba sobre su regazo con tal fuerza que probablemente iba a dislocarse un dedo.

Y le gustaría dar un puñetazo en la pared.

¿Por qué no podía querer el dinero para ella misma?

Por supuesto que no, Issy no era así. Siempre había sido una persona íntegra.

Y, de repente, no sólo se sentía responsable de su angustia sino culpable.

No debería haber mezclado el dinero con la cama, pero no había sido capaz de controlarse. En cuanto la vio en la piscina, el deseo que llevaba intentando controlar durante toda la semana lo había abrumado por completo.

Pero Issy había dicho que lo detestaba. ¿Por qué seguía deseándola de tal forma?

Sugerir que subieran a su dormitorio había sido un reto absurdo, una forma de probarla. Estaba seguro de que ella se negaría, pero no lo había hecho y que aceptase lo había hecho sentir como un idiota.

Pero había visto el inconsciente brillo de deseo en sus ojos y había decidido explotarlo. Issy no estaba allí por el dinero y él podía demostrarlo.

Y había sido increíble, mejor que la primera vez, explosivo, fabuloso, una fuerza de la naturaleza que ninguno de los dos podía controlar.

Issy había disfrutado tanto como él, de modo que se sentía resarcido.

Pero sus problemas económicos habían arruinado esa sensación de triunfo de una forma que no le gustaba nada.

–¿Cuánto dinero debéis exactamente?

–El interés sobre el préstamo es de treinta mil libras. Y tenemos menos de dos semanas para conseguirlas.

Tenía las pestañas húmedas y sus ojos de color turquesa parecían más grandes de lo habitual… y la conciencia de Gio lo molestó de nuevo.

–¿Eso es todo?

Issy sacudió la cabeza.

–Necesitaremos más de cien mil para estar a salvo el resto del año. Llevamos meses intentando encontrar patrocinadores, gente interesada en el teatro. Nos han retirado las ayudas oficiales debido a la crisis económica y, como ahora no se puede fumar en los locales, hemos perdido muchos clientes –Issy suspiró, dejando caer los hombros–. Ha sido una estupidez venir a pedirte ayuda. ¿Por qué iba a importarte a ti un teatro arruinado? Pero es que estaba desesperada…

Gio le tomó la mano, sorprendido por el deseo de consolarla.

–No llores. El dinero es tuyo, no es un ningún problema.

Issy levantó la cabeza y lo miró como si hablase en otro idioma.

–No seas bobo, no puedes hace eso. ¿Por qué ibas a hacerlo?

Gio se encogió de hombros.

–No lo sé. Es una buena causa, ¿no?

Pero él sabía que esa no era la razón por la que quería darle el dinero.

En realidad, nunca se había perdonado a sí mismo por cómo la había tratado diez años antes.

No lamentaba la decisión de marcharse porque Issy era muy joven, romántica e imposiblemente dulce entonces. Gio sabía que llevaba años encandilada… pero había sido demasiado cruel con ella.

La había acusado de mentir sobre su virginidad cuando en realidad había sido un estúpido malentendido…

Y era demasiado inocente, pero él se había sentido atrapado y furioso consigo mismo por no apartarse en cuanto se dio cuenta. Y lo había pagado con ella como un miserable.

Luego le había dicho que lo quería y, durante un segundo, había deseado que fuera verdad. Y eso demostraba cuánto lo había afectado la última discusión con su padre.

Pero no iba a darle explicaciones, ni ahora ni nunca. Era demasiado tarde para pedir disculpas, pero darle el dinero que necesitaba para ese teatro era una manera de compensarla.

Sin embargo, cuando miró sus luminosos ojos azules volvió a excitarse y se dio cuenta de que tenía un problema mayor que el sentimiento de culpa.

¿Por qué un orgasmo fantástico no era suficiente?

–Pero no puedes darme cien mil libras, eso es mucho dinero.

–¿Quieres salvar el teatro o no? –replicó él, impaciente. Quería terminar la discusión sobre el dinero lo antes posible para poder restablecer cierto control sobre su libido.

–Sí, sí… pero…

–¿Entonces por qué discutes?

–¡Porque son cien mil libras!

–Issy, yo me he gastado ese dinero en mi último coche. No es para tanto

Ella levantó una ceja.

–No sabía que la arquitectura fuese tan lucrativa.

–Lo es cuando lo haces bien –dijo él. Y luego tuvo que controlar el tonto deseo de contarle más cosas.

Había conseguido ganarle la partida a alumnos

más expertos en un concurso de diseño en cuanto terminó la carrera y, después de eso, había trabajado como un mulo para conseguir el éxito.

Su gabinete de Florencia se había hecho un nombre en todo el mundo y había ganado varios premios muy prestigiosos. Pero, sobre todo, no tenía que preocuparse por la competencia. Los clientes acudían a él y se sentía orgulloso de haber conseguido domar el espíritu destructivo que había gobernado sus años de adolescencia.

Pero no iba a hacerle una lista de sus logros. Él no necesitaba la aprobación de nadie.

Entonces, ¿por qué necesitaba la de Issy?

–Si así te sientes mejor… –siguió– mi gabinete de arquitectura dona más de un millón de euros a causas benéficas cada año. Es una cuestión de relaciones públicas y mi jefe de administración, Luca, se siente feliz.

Era cierto. Patrocinar un teatro en Londres podría ser buena idea.

Issy se llevó una mano al corazón.

–¡Dios mío, hablas en serio! –gritó–. De verdad vas a darnos ese dinero. Gracias, Gio, gracias, gracias. No tienes idea de que lo eso significa para el teatro. Y para toda la gente que trabaja en el Crown and Feathers.

Pero Gio tenía la sensación de que sí lo sabía. Y eso hacía que se sintiera incómodo. Sus razones no eran exactamente altruistas y estaban volviéndose menos altruistas con cada segundo que pasaba.

–Ojalá supiera cómo darte las gracias –dijo Issy.

Gio estaba a punto de decir que no quería agradecimientos, pero se quedó callado. Porque acababa de descubrir qué era lo que quería.

Quería olvidarse de Issy Helligan.

La chica que ahora era una mujer había sido como una fiebre durante diez años. ¿Por qué no admitirlo? Él nunca había tenido una fijación por ninguna otra.

Había intentado alejarse de ella, negarlo, pero nada de eso había funcionado.

Solucionar sus problemas económicos por fin haría que dejase de sentirse culpable por lo que había ocurrido en el pasado. ¿Y por qué no dar el siguiente paso?

Tenía que volver a Florencia esa misma tarde y quería que Issy fuese con él para poder apagar ese fuego de una vez por todas. Para olvidarse de ella.

–Sólo hay un pequeño problema –le dijo.

No había necesidad de contarle sus planes por el momento. Issy tenía tendencia a exagerar, era totalmente impredecible y solía complicar el sexo con las emociones. Mejor llevarla a Florencia primero y lidiar con las discusiones después.

–¿Qué? –exclamó ella, haciendo un gesto de angustia que le rompió el corazón.

–Tendrás que ir a Florencia conmigo esta tarde.

–¿A Florencia? –Issy parecía más sorprendida que cuando le ofreció el dinero.

Pero al ver el brillo de interés en sus ojos, Gio tuvo que hacer un esfuerzo para disimular una sonrisa de triunfo.

Necesitaba aquello tanto como él. La única diferencia era que aún no lo sabía.

Issy intentaba contener su emoción; una emoción que la dejaba sin aire. Tal vez podía achacarla a sus hormonas… había estado estresada al máximo durante los últimos meses y no había salido con nadie en un año. Además, Gio siempre había sido capaz de provocar una tormenta en su corazón y hacerla soñar con cosas que no podía tener. Pero no pensaba volver a acostarse con él, le pidiera lo que le pidiera el cuerpo.

Gio era ahora oficialmente un patrocinador del teatro Crown and Feathers, de modo que acostarse con él sería indefendible.

–¿Por qué? –le preguntó, esperando que no fuera a sugerir lo que temía que iba a sugerir.

–Necesitas el dinero la semana que viene, ¿no?

Ella asintió con la cabeza, incapaz de creer que los problemas del teatro se habían solucionado por completo.

–Hay un montón de papeles que firmar –dijo Gio–. Además, tendrás que hacer una presentación al consejo de administración antes de que pueda darte el dinero, de modo que lo más lógico es que vayas a Florencia. No tardaremos más que un par de días, pero la cuestión es que yo me marcho esta misma tarde. El helicóptero vendrá a buscarme a las dos para llevarme al aeropuerto y luego tomaré el jet privado de la compañía hasta Florencia.

–Ah, ya veo –murmuró ella, desconcertada–. Llamaré a mi ayudante, Maxi. Ella puede hacer mi maleta y llevarla al aeropuerto. No te preocupes, no es un problema.

Era una buena noticia. Fantástica, de hecho. Gio se había comprometido a solucionar los problemas económicos del teatro y se le ocurrían muchas cosas peores que pasar unos días en Florencia… especialmente después del estrés de los últimos meses. Además, seguro que podía encontrar tiempo para ver museos.

–Cuanto antes podamos hacer la transferencia, mejor –dijo Gio.

–Sí, claro.

Seguramente no se verían mucho, pensó Issy, intentando contener una punzada de desilusión.

–¿Puedo darme una ducha? –le preguntó.

–Sí, claro –respondió él–. Usa el baño de la habitación. Yo me ducharé en el cuarto de invitados.

–Muy bien –asintió ella, muy seria.

Pero cuando vio a Gio desnudo saltando de la cama, se dio cuenta de que sus feromonas no estaban siendo tan serias como deberían.

Gio sonrió cuando Issy cerró la puerta del baño. La oferta de frotarle la espalda había sido casi irresistible, pero ya no tenía veinte años y no pensaba lanzarse de cabeza a algo que no podía controlar. Tendría que hacer que Issy entendiera lo que significaba el viaje a Florencia, y lo que no, antes de dar el siguiente paso.

Y una vez que hubieran solucionado eso, pensaba pasarlo muy bien.

Gio la oyó abrir el grifo de la ducha e imaginó su cuerpo desnudo y cubierto de jabón…

Después de diez años y dos encuentros sexuales fabulosos, por fin iba a tener la oportunidad de seducir a Issy Helligan sin que hubiera nada entre ellos. Ni sentimiento de culpa, ni responsabilidad, ni recuerdos tristes y, preferiblemente, nada de ropa.

Y pensaba saborear cada segundo.

Capítulo Cinco

–¿Es un duque de verdad? –susurró Maxi mientras le pasaba su vieja maleta con ruedas, mirando a Gio, que desaparecía entre un mar de pasajeros–. ¿Cómo has podido guardarlo en secreto todo este tiempo? ¡Por favor, qué pedazo de hombre!

–Max, cierra la boca –dijo Issy, molesta. Después de la tensión de las últimas horas estaba nerviosa y no le apetecía una regresión a los catorce años.

Francamente, ella misma tenía serios problemas para mirar a Gio sin babear. Habían vuelto a hacer el amor y había sido más que suficiente para los dos.

Entonces, ¿por qué no podía dejar de pensar en hacerlo otra vez? Especialmente cuando Gio había dejado bien claro que no estaba interesado en un segundo acto.

Después de una ducha de veinte minutos había bajado al jardín para encontrar a Gio reunido con el paisajista. Jack Bradshaw le había sido asignado como acompañante y el joven la había invitado a compartir el almuerzo con un grupo de arquitectos e ingenieros que trabajaban en Hamilton Hall. Pero tenía un nudo en el estómago y no había sido capaz de probar bocado.

Después, Jack le había hecho un tour por la casa

e Issy no había tenido tiempo de pensar por qué la decepcionaba tanto que Gio no hubiera comido con ellos.

Pero eso no evitó que sintiera nostalgia mientras Jack y ella paseaban por el jardín de su infancia. No necesitaba los comentarios del ayudante de Gio; ella sabía lo que había cambiado y lo que no porque conocía aquella casa como la palma de su mano.

Gio había devuelto el esplendor a Hamilton Hall, convirtiéndola en una casa moderna y llena de luz.

Pero era más que eso: le había dado una nueva vida. Y no podía dejar de preguntarse por qué se había molestado tanto.

Gio se había marchado de allí diez años antes y, que ella supiera, no había vuelto nunca. Ni una sola vez había vuelto a ponerse en contacto con su padre y ni siquiera había acudido a su funeral.

Siempre había pensado que odiaba aquel sitio. Entonces, ¿por qué se había molestado en reformarlo? ¿Quería demostrar algo?

¿Y por qué no podía evitar sentirse orgullosa de él? Lo que Gio hiciera con la casa de su padre no era cosa suya.

El vuelo en helicóptero hasta Londres había sido poco interesante. El ruido en la cabina hacía imposible hablar más que gritando, de modo que Gio había ido trabajando en su ordenador y ella no lo había molestado, aunque tenía mil preguntas que hacerle sobre Hamilton Hall.

Pero aquel era un viaje de negocios y debía recordarlo. Hacerle preguntas personales sobre sus motivos para restaurar Hamilton Hall estaba fuera de la cuestión.

Desgraciadamente, cada vez que sus piernas se rozaban, el teatro era en lo último que pensaba y cuando llegaron al aeropuerto, sus hormonas estaban enloquecidas.

Sólo tuvo un momento para presentarle a Maxi y ver cómo su amiga prácticamente se desmayaba antes de que Gio se excusara, diciendo tenía unas llamadas que hacer y que se verían en el avión.

Lo raro era que estaba empezando a sentirse acomplejada porque parecía decidido a ignorarla. Lo cual era absurdo. Ella no necesitaba su atención, ni la quería. Eso sólo animaría a sus hormonas.

Y la charla de Maxi no estaba ayudando nada porque le recordaba las conversaciones que tenía con sus amigas sobre Gio cuando era una adolescente.

–¿De qué le conoces? –preguntó Maxi–. Es evidente que hay una conexión entre vosotros. ¿Es por eso por lo que ha ofrecido el dinero para el teatro? Estás teniendo una aventura con él, ¿verdad?

Issy sintió que le ardía la cara.

–No estamos teniendo una aventura –respondió, segura de que el revolcón en su casa no contaba–. Crecimos juntos, es un viejo amigo.

–¿Entonces por qué vas a Florencia con él? ¿Y por qué te has puesto colorada?

–No me he puesto colorada –protesto Issy, maldiciendo su pálida piel–. Tengo que ir a Florencia para presentar el proyecto al consejo de administración y firmar los papeles. Sólo es una formalidad, ya te lo he dicho.

–Yo creo que es estupendo que vayas a Florencia con él. Además, te mereces un respiro… especialmente con alguien tan guapo. Conmigo no tienes que fingir, soy tu amiga –Maxi le dio un golpecito en el hombro–. Y a Dave y los demás les contaré la historia oficial, te lo prometo. Bueno, cuéntame, desde cuándo estás con él.

«Madre mía».

–No hay ninguna historia oficial, es la verdad.

–Venga ya –dijo su ayudante–. Vamos a examinar las pruebas. Lo primero, nadie necesita viajar a Florencia urgentemente para firmar unos papeles porque todo se puede hacer por fax o por email. Segundo, es evidente que te has duchado en las últimas horas porque tienes el pelo mojado en las puntas.

Issy se tocó el pelo, recordando lo observadora que era Maxi.

–Y, además, llevas descosido el bajo del vestido.

Demasiado observadora.

–Y por último –siguió Maxi– cómo te mira.

–¿Cómo me mira?

–Como si quisiera devorarte de un solo bocado.

Muy bien, eso era ir demasiado lejos. Gio había estado evitándola durante las últimas dos horas, ella lo sabía bien porque estaba empezando a desarrollar complejo de inferioridad.

–Eso no es verdad.

–Sí es verdad –Maxi sonrió–. Esos ojos castaños

de actor de cine se ponen intensos cuando te mira. Si no estáis teniendo una aventura apasionada ahora mismo, deberías tenerla.

—Pero eso… eso no es posible.

—¿Por qué no?

—Porque… —Issy tragó saliva. Se le había quedado la mente en blanco mientras sus hormonas se lanzaban al abismo.

—¿Señorita Helligan? El señor Hamilton me ha pedido que la acompañe al avión.

Issy se volvió, mirando al auxiliar de vuelo con cara de sorpresa.

—Ah, muy bien.

«Por favor, Dios mío, que no haya escuchado la conversación».

—Si necesitas hablar conmigo llámame al móvil —le dijo a Maxi—. O mejor, yo te llamaré esta noche, cuando sepa dónde me alojo. Dale a Dave y a las tropas la buena noticia y a ver si puedes localizar…

—Deja de organizar cosas. Todo está bien —Maxi le apretó la mano—. Dale las gracias al duque —añadió, moviendo las cejas cómicamente—. Y, por favor, haz todo lo que yo no puedo hacer.

Issy la fulminó con la mirada, pero no se le ocurría nada que sonara medianamente convincente.

Además, tenía mucho que pensar porque aquel viaje a Florencia de repente empezaba a parecerle muy peligroso.

***

–Por aquí, señorita Helligan. El señor Hamilton la espera en el avión.

Issy intentó controlar los nervios mientras el auxiliar de vuelo la llevaba hacia la puerta de embarque.

–¿Pero y el control de seguridad?

–No tiene que pasarlo, no se preocupe –mientras el hombre le hacía un gesto a un empleado para que se llevara la maleta, Issy pensó que el dinero de Gio era el último de sus problemas.

Había creído que tendría controlada la situación, pero no era así. Aquel era supuestamente un viaje de trabajo, nada más. Y nada menos. ¿Pero y si no lo era?

Gio salió de la cabina del piloto cuando ella subía al avión. Parecía relajado, tranquilo. Su atuendo informal de vaqueros y camiseta no pegaba con el lujo del jet privado, pero le recordaba al chico temerario y rebelde que había sido.

Claro que ya no era un chico, era un hombre. Un hombre peligrosamente sexy con el que había aceptado ir a Florencia. Un hombre peligrosamente sexy y con un brillo travieso en los ojos…

¿Cómo no lo había pensado antes?

–Hola, Isadora –la saludó–. ¿Lista para despegar?

Issy decidió recuperar el control de la situación. Gio la había convencido para que fuera a Florencia, pero era hora de saber a qué respondía aquel viaje.

–¿De verdad tengo que hacer una presentación al consejo de administración?

Gio se pasó una mano por la barbilla.

–¿Por qué lo preguntas?

–Todo esto es una trampa, ¿verdad? ¿Lo de patrocinar el teatro es mentira?

–Por favor, no te pongas dramática –Gio rió–. Ya he hablado con Luca y te hará la transferencia mañana mismo, cuando tenga los datos de tu banco.

–¿Entonces por qué tengo que ir a Florencia?

–¿No te lo imaginas?

Issy le puso una mano en el torso.

–¿Por qué no me respondes? Te he hecho una pregunta.

–Muy bien, mi plan era pasar un par de días haciendo el amor sin parar…

–¿Estás loco?

Gio rio de nuevo.

–Por favor, no te hagas la ofendida. Una vez no ha sido suficiente y tú lo sabes.

Issy estaba a punto de decir que iba a bajarse del avión, pero la frase se quedó en su garganta cuando Gio la tomó por la cintura.

–No pienso ir… es absurdo.

–¿Por qué?

–Porque sí –respondió ella. Y si le daba un momento, sería capaz de encontrar mil razones.

Pero le estaba acariciando el pelo y eso hacía imposible que pusiera pensar con claridad.

–Issy, el pasado ha muerto –murmuró él–. Pero si tú sigues colgada…

–Pues claro que no –lo interrumpió ella–. Esto no tiene nada que ver con el pasado y sí con tu arrogancia. ¿Cómo te atreves a llevarme engañada a Florencia? ¿Cuándo pensabas contarme cuáles eran tus planes?

–Te los estoy contando ahora.

–Pues no es suficiente. ¿Y si dijera que no?

Gio le acarició la mejilla con un dedo.

–¿Vas a hacerlo?

–No… quiero decir sí.

–Vamos a terminar lo que hemos empezado, así podremos seguir adelante.

¿Podía ser tan sencillo?, se preguntó Issy.

Pero cuando intentaba darle una respuesta, Gio se inclinó para buscar su boca en un beso que la dejó sin aliento.

Sin darse cuenta, agarró su camiseta pero esta vez no encontró voluntad para empujarlo.

Gio fue el primero en apartarse, su sonrisa derritió lo poco que quedaba de su resistencia.

–Sin ataduras, solo sexo. Y luego nos separaremos. Tú decides, Issy. Si dices que no, nos diremos adiós ahora mismo. Ya sabes que no estoy interesado en nada serio.

–Conozco muy bien tus problemas para comprometerte –replicó ella.

Y no sólo por experiencia personal. Cuando lo buscó en Google el día anterior, encontró muchas fotos con modelos, actrices y chicas de la alta sociedad europea. Y en ninguna foto estaba dos veces con la misma mujer.

–Mientras eso quede claro –siguió él, que no parecía sentirse insultado en absoluto–. Yo no veo el problema. Florencia está espectacular en esta época del año y tengo una villa en las colinas donde podremos satisfacer todas nuestras fantasías sexuales. Y créeme, después de diez años, tengo muchas guardadas –dijo él, enredando los dedos en su pelo–. Lo pasamos bien cuando éramos unos críos, Issy. Y podríamos seguir pasándolo bien, piénsalo.

Ella tragó saliva, intentando no dejarse afectar por el roce de su mano y por la promesa de un placer irresistible.

–¿Y el patrocinio del teatro? –le preguntó.

–Por supuesto. Ya te he dicho que mañana mismo…

–Sí, muy bien –lo interrumpió ella, poniéndole las manos en los hombros–. Acepto.

Gio era peligroso, sí. Pero el peligro podía ser aterrador y emocionante a la vez. Y en aquel momento, la emoción estaba ganando la partida. Se sentía como Alicia, cayendo de cabeza en el país de las maravillas: emocionada, excitada, totalmente asustada.

Y totalmente viva.

Gio la tomó por la cintura.

–Muy bien.

Issy tuvo que ponerse de puntillas para sellar el trato con un beso.

–Tendrás que dejar eso para más tarde, Hamilton –escuchó Issy una voz a su espalda.

Cuando se dio la vuelta, vio a un hombre con uniforme de piloto.

–Despegamos en diez minutos –añadió, con una sonrisa indulgente–. lo siento, señorita, pero debe sentarse y ponerse el cinturón de seguridad.

—Issy, te presento a James Braithwaite, copiloto y aguafiestas profesional.

—¿Copiloto?

—Eso es —respondió Gio—. Será mejor que te pongas el cinturón de seguridad.

—Espera un momento —Issy lo agarró del brazo—. No estarás diciendo que tú vas a pilotar el avión, ¿verdad?

De repente, el elegante jet acababa de convertirse en una trampa moral.

Issy recordó a Gio destrozando el Bentley de su padre, a Gio en la moto, con ella detrás, cuarenta kilómetros por encima del límite de velocidad...

Muy bien, tal vez podía arriesgarse a tener una aventura con Gio, pero no pensaba arriesgar su vida.

Él sonrió al ver su expresión horrorizada.

—Ah, mujer de poca fe. Soy un piloto entrenado, con cien horas de vuelo. Confía en mí, estás completamente a salvo en mis manos.

Mientras se ponía el cinturón de seguridad y lo veía entrar en la cabina del piloto, Issy decidió que estaba loca por confiar en Gio Hamilton.

Pero en esta ocasión estaba advertida y era más que capaz de conservar intacto su corazón.

Después de un suave despegue y un aún más suave aterrizaje en el aeropuerto dos horas después, Issy tuvo que admitir que podía confiar en Gio como piloto. Pero cuando pisó el acelerador del Ferrari que los esperaba en el aeropuerto para recorrer la autopista a toda velocidad, empezó a desconfiar de nuevo.

Intentando concentrarse en el maravilloso paisaje a cada lado de la autopista, Issy tuvo tiempo para pensar.

¿Qué había hecho aceptando ir con él a Florencia? Después de todo, ella era una mujer inteligente... ¿Por qué aceptaba pasar dos días haciendo el amor con un hombre que no le ofrecía nada más?

Pero después de examinarlo en profundidad, llegó a la conclusión de que no había alternativa. Tenía que cansarse de él, decepcionarse para poder olvidarlo.

Había tenido sólo dos novios desde que Gio la introdujo en los placeres del sexo y las dos relaciones habían terminado mal. Entonces se decía a sí misma que era porque no estaba preparada, porque no era el momento, porque los dos hombres con los que había salido no eran los adecuados para ella...

Pero ahora sabía la vedad.

Esa chispa, esa corriente de energía sexual que sentía con Gio no la sentía con ningún otro hombre. El sexo no era lo más importante en una relación y ella lo sabía, pero tampoco era algo sin importancia. Y cuando comparó a Johnny y Sam con Gio en la cama... en fin, no había comparación.

Tal vez era selección natural, pensó. Después de todo, Gio era un macho alfa. O tal vez era porque Gio había sido el primero. Fuese cual fuese el problema, tenía que lidiar con él de una vez por todas.

Porque si no lo hacía, tal vez jamás sería capaz de mantener una relación con otro hombre; la clase de relación con la que había soñado desde que era una adolescente, la clase de relación que sus padres habían tenido antes de la prematura muerte de su padre.

La clase de relación que casi había perdido la esperanza de encontrar.

Aquel viaje no era para que Gio lo pasara bien; era para liberarse del poder que Gio siempre había tenido sobre ella desde esa primera noche. Tenía que olvidarlo para poder encontrar al auténtico amor de su vida.

Convencida de haber satisfecho sus preocupaciones sobre ese viaje, Issy no podía entender por qué su pulso se negaba a latir de manera normal. De hecho, seguía latiendo como loco cuando Gio salió de la carretera para tomar un camino rodeado de árboles.

El aroma a limón perfumaba el aire mientras se detenía frente a una villa de terracota rosada. En el patio circular de la entrada había una enorme fuente con dos ninfas desnudas y abrazadas...

Issy miró el fabuloso edificio, sorprendida. Ella no era una extraña al dinero y los privilegios. Al fin y al cabo, había pasado su infancia viviendo en una mansión... aunque en la zona de servicio.

Entonces, ¿por qué su pulso estaba tan enloquecido?

Gio le abrió la puerta del Ferrari y mientras bajaba del coche tuvo que recordarse a sí misma que debía respirar.

La puerta de la entrada se abrió entonces y una mujer de mediana edad, a la que le presentó como Carlotta, el ama de llaves, salió a recibirlos. Gio charló un momento con ella en italiano, pero enseguida se excusó para hacer unas llamadas.

Le resultaba raro oírlo hablar en italiano. Siempre había sabido que lo hablaba perfectamente; al fin y al cabo, era más italiano que británico. Pero ver que lo hablaba con tal fluidez, y moviendo las manos con esos gestos tan mediterráneos, lo hacía parecer muy sofisticado y europeo, totalmente diferente al chico arisco que recordaba de su niñez.

Issy intentó apartar de sí los sentimientos negativos y controlar los frenéticos latidos de su corazón, pero cuando Gio la llevó por una serie de preciosas habitaciones la sensación de inquietud aumentó.

En la casa no había muchos muebles, pero sí muchos cuadros y objetos decorativos de aspecto caro. El lujo minimalista debería haber hecho que pareciese un sitio exclusivo e intocable, pero no era así.

El salón, un sitio abierto con alfombras de colores, plantas y revistas de arquitectura sobre la mesa de café, era un lugar acogedor y hacía que la casa no pareciese pretenciosa o poco invitadora.

Gio abrió las puertas que daban al jardín y le hizo un gesto para que lo siguiera.

Respirando el aroma a azahar, Issy admiró la ciudad y el río Arno al fondo. Incluso podía ver el famoso Ponte Vecchio a la derecha, probablemente lleno de turistas a esa hora. Bajo la terraza, una piscina de aguas cristalinas brillaba al sol de la tarde.

–Qué maravilla –murmuró.

¿Quién habría esperado que aquel chico temerario y hosco tuviese una casa tan increíble?

–¿Qué te parece?

Issy se volvió para mirarlo. Gio estaba estudiándola con las manos en los bolsillos del pantalón y parecía ansioso por conocer su respuesta...

«No seas tonta».

A Gio le daba igual lo que ella pensara. Él sabía lo maravillosa que era aquella casa y ella sabía que era sólo una más en una larga lista de mujeres a las que habría invitado a ir allí.

«No te atrevas a analizar cada gesto porque verás cosas que no existen».

Issy se aclaró la garganta.

–Cero que tienes muy buen gusto –respondió por fin–. Pero llamar «villa» a esta casa no le hace justicia. Creo que «paraíso» sería más apropiado.

–Muy bien, a partir de ahora la llamaré así –bromeó Gio, tomándola por la cintura–. Aunque, por lo que estoy pensando ahora mismo, «paraíso perdido» sería lo mejor.

Ella tragó saliva. Estar en la casa de Gio ofrecía una intimidad que no había esperado.

–¿Por qué no vas a ver el dormitorio principal? –sugirió él–. Me gustaría saber qué te parece... la vista.

Issy imaginó «la vista», recordando la última vez que lo había visto desnudo, y de repente sintió ese cosquilleo entre las piernas de nuevo.

«No estoy preparada para esto».

–¿Podemos dar un paseo por Florencia?

No podía meterse en la cama con él nada más llegar. El sexo era una cosa, la intimidad otra muy diferente. Y no podía confundir las dos.

Gio levantó una ceja.

–¿Quieres ir a ver la ciudad ahora? ¿En serio?

–Sí, por favor. Nunca he estado en Florencia y me muero por verla –respondió ella, intentando que su voz sonara firme–. ¿Podríamos cenar allí esta noche?

Necesitaba al menos un par de horas para establecer cierta distancia.

Gio frunció el ceño.

–¿Quieres cenar allí?

–He oído que en Florencia hay algunas de las mejores *trattorias* de Italia.

¿Pero qué…?

Gio sabía que estaba intentando ganar tiempo, pero la repentina transformación de Issy en una turista lo sacaba de quicio. Había notado que se excitaba cuando la abrazaba, que respiraba con dificultad cada vez que estaban cerca… y por eso había tenido que contener un grito de frustración.

¿No habían dejado claro en el avión para qué iban a su casa?

Él estaba preparado para irse a la cama. Más que preparado. De hecho, si no hubiera tenido que pilotar el avión le habría hecho el amor allí mismo.

Debería haber imaginado que las cosas no serían

tan sencillas. Nada lo era con Issy. Estaba nerviosa desde que entró en la casa y, al principio, había disfrutado de su nerviosismo pensando que era una señal de que, como él, estaba deseando hacer el amor. Y a su ego no le había ido nada mal ver que estaba impresionada por la casa.

Pero cuando se volvió para mirarlo a los ojos había tenido la extraña sensación de que podía leer sus pensamientos. Y, por primera vez en su vida, había querido preguntarle a una mujer lo que estaba pensando.

Aunque no pensaba hacerlo. Para empezar, las respuestas directas no eran el fuerte de Issy. Y, además, él tenía una regla de oro sobre hacer peguntas personales a las mujeres. Una vez que uno abría esa puerta, era imposible cerrarla de nuevo.

Ya se había saltado una de sus reglas de oro invitándola a su casa. Generalmente, él evitaba ese tipo de rutina con las mujeres...

–Sí, claro. Como quieras –asintió por fin.

Estaba claro que Issy quería hacerse la dura esa noche, pero no importaba. Podía esperar unas horas. Si tenía que hacerlo.

–Conozco un sitio en el que la *bistecca alla fiorentina* es como una religión.

Issy se sentiría cómoda en el ambiente relajado y nada pretencioso de Latini, pensó. Beberían vino de la tierra, Chianti Classico, charlarían un rato... tal vez incluso le enseñaría algunos de los sitios más bonitos de la ciudad.

Podía hacerlo. Por una noche.

–¿Estás seguro? –le preguntó ella.

–Sí, claro, será divertido.

Podía esperar un poco más para tenerla desnuda. No estaba tan desesperado.

–Podemos ir en la Vespa. Mi mecánico, Mario, la ha revisado recientemente.

–¿En moto? –exclamó ella, con la misma cara de susto que en el avión–. ¿Usas la moto todavía? Eso suena raro para un duque.

–Isadora, por favor… –Gio le acarició la mejilla–. Espero que no estés diciendo que soy un esnob. Ningún florentino con un poco de sentido común usa el coche en la ciudad. Ir en moto es la única manera de moverse.

Y, como todos los florentinos, conducía su Vespa a toda velocidad, de modo que Issy tendría que ir pegada a su espalda como una lapa.

–Por cierto –dijo luego, mirándola de arriba abajo– si has traído unos vaqueros, será mejor que te los pongas. Carlotta se habrá encargado de colgar tus cosas en el armario del dormitorio principal.

–Ah, muy bien –Issy tuvo que aclararse la garganta–. ¿Dónde está?

–Arriba, la primera puerta a la derecha. Yo voy a sacar la Vespa del garaje.

Y cuando volvieran de Florencia la tendría desnuda, se prometió a sí mismo.

Issy vio a Gio por la terraza, con esos vaqueros que abrazaban su trasero como una segunda piel…

Pero apartó la mirada, recordándose a sí misma que debía admirar la fabulosa vista de Florencia al atardecer y no el trasero de Gio.

Después de ponerse unos vaqueros y una sencilla blusa, miró la enorme cama de caoba que dominaba la habitación y sintió un escalofrío de emoción al pensar en los días y las noches que la esperaban en Florencia.

En fin, la abstinencia nunca había sido una opción cuando se trataba de Gio. Era demasiado irresistible e intentar evitar lo inevitable sería frustrante para los dos.

Pero eso no significaba que todo tuviera que ser como él dijera. La había llevado allí con una mentira y luego le había explicado lo que quería: sexo sin ataduras.

Pues muy bien, tampoco ella quería ataduras, pero no era tan fácil para Issy olvidar el pasado y no se le daba tan bien separar el sexo de las emociones como a Gio. Y la razón era muy sencilla: nunca había mantenido relaciones sexuales con un extraño, pero se daba cuenta de que para Gio era prácticamente un deporte.

Suspirando, entró en el baño de la suite y estuvo unos minutos cepillándose el pelo, lavándose la cara y maquillándose discretamente. Y luchando para controlar los latidos de su corazón.

Una vez había creído conocer y entender a Gio. Y por eso había sido tan fácil amarlo.

Después de la primera noche siempre había pensado que la razón por la que había sido tan ingenua era muy simple: entonces era joven, inmadura y desesperada por conseguir aprobación masculina.

Había perdido a su padre cuando era muy pequeña y eso le había dejado un hueco en la vida que no podía llenar. Hasta que Gio apareció, un chico arisco pero magnético que parecía necesitarla tanto como lo necesitaba ella.

Pero ahora podía ver que había otra razón menos obvia por la que se había enamorado de alguien que sólo estaba en su imaginación.

Incluso cuando eran niños, Gio tenía un aire de misterio. Siempre era tan cauto, tan reservado. Nunca contaba nada de sí mismo.

Ella, en cambio, hablaba sin parar sobre sus sueños y esperanzas, sobre su madre, las amigas del colegio, incluso sobre las películas que veía en televisión.

Gio la escuchaba, pero apenas contaba nada sobre sus esperanzas y sus sueños. Ni siquiera sabía que estuviera interesado en la arquitectura, por eso su éxito como arquitecto la había sorprendido tanto.

Y luego estaba ese muro de silencio sobre los diez meses del año que pasaba en Roma, con su madre.

Diez años antes, Issy lo sabía todo sobre Claudia Lorenzo, como cualquier chica de su edad. Claudia había sido una actriz guapísima, aunque no muy importante, que había salido de los barrios bajos de Milán. La madre de Gio se había reinventado a sí misma como icono de la moda y aparecía tanto en las páginas de *Vogue* y *Vanity Fair* como en las revistas de cotilleos, donde hablaban de sus aventuras amorosas y sus matrimonios, siempre con hombres ricos y poderosos.

Como era lógico, Issy le había preguntado muchas veces a Gio por la Lorenzo cuando era pequeña.

Pero él se negaba a hablar de su madre, de modo que al final había dejado de preguntar, conjurando todo tipo de razones románticas por las que mantenía su vida en roma en secreto.

Issy irguió los hombros. Podría aprovechar esa semana en Florencia para satisfacer finalmente su curiosidad por Gio.

Siempre había querido saber por qué tenía tantos secretos, por qué parecía decidido a no tener una relación seria con nadie. Una vez que tuviera esas respuestas, su poder de fascinarla habría desaparecido.

Gio no iba a cooperar, por supuesto. Era tan reservado sobre su vida como lo había sido siempre y sería difícil no dejar que la distrajese mientras disfrutaban del placer físico y de la hermosa capital de la Toscana.

Pero, afortunadamente para ella, era una maestra haciendo varias cosas a la vez y jamás se arredraba ante un reto, unas habilidades que había perfeccionado mientras dirigía el teatro, los egos de los actores, las quejas de los técnicos y la posibilidad de acabar en quiebra.

¿Por qué no iba a utilizar esas habilidades con Gio?, se preguntó.

Podía disfrutar de todo lo que aquellos días en Florencia pudiesen ofrecerle, superar su adicción a Gio y, por fin, cerrar el círculo de los errores del pasado.

Capítulo Seis

–¿Por qué te da tanto miedo el compromiso?

Gio, que estaba tomando un sorbo de vino, se atragantó, sorprendido por la pregunta de Issy.

Dejó la copa sobre la mesa, al lado de los restos de un filete de mamut y la miró a los ojos.

–Acabo de comer un kilo de carne. ¿Qué intentas, provocarme una indigestión?

¿De dónde había salido esa pregunta?

Todo había ido sorprendentemente bien hasta ese momento. El paseo por Florencia había sido menos aburrido de lo que esperaba porque Issy se emocionaba a cada paso, pero casi había olvidado lo directa que era.

Tal vez porque seguía nerviosa. No había dejado de hablar desde que salieron de la villa, pero en lugar de irritarlo como solía ocurrirle con otras mujeres, su interminable charla le había traído recuerdos de la infancia. Para un chico a quien habían enseñado desde niño que lo mejor era mantener la boca cerrada, Issy era refrescante y divertida.

La única vez que se quedó callada fue mientras atravesaban Florencia en la Vespa. Pero eso había despertado otro recuerdo de su primer paseo en moto por Hamilton's Cross.

Después de esa distracción, sentir los cálidos pechos femeninos apretados contra su espalda no había hecho mucho por su autocontrol. De modo que tuvo la idea de hacer un tour privado por la Galería de los Oficios mientras intentaba calmarse.

Pero mientras paseaban de la mano por la galería Vasari y ella le hacía preguntas, ocurrió algo extraño. Gio vio cómo el rostro de Issy se iluminaba frente al esplendor renacentista de *La primavera* de Boticelli o cómo contenía el aliento ante la etérea belleza de la *Venus* de Tiziano y de verdad empezó a pasarlo bien.

Había llevado a algunas chicas allí pero ninguna de ellas se había quedado tan transfigurada por la belleza de Florencia como Issy.

Y durante la cena en Latini, devoró la especialidad de la casa con el mismo fervor. Pero mientras la veía pasarse la lengua por los labios, la diversión y la nostalgia se habían convertido en anticipación.

No quería seguir hablando sobre un tema que no le interesaba nada. Lo que quería era volver a la villa para hacerla suya.

Pero antes de que pudiera pensar en una salida, ella siguió:

–Siempre dices que no quieres nada permanente –le dijo, mirándolo a los ojos. ¿No te parece un poco raro? Especialmente en un hombre de tu edad.

–Sólo tengo treinta y un años –dijo él, irritado. No estaba a punto de cobrar la pensión de jubilación.

–Lo sé, pero es a partir de los treinta años cuando la mayoría de los hombres empiezan a sentar la cabeza. ¿No quieres tener hijos?

–¿Por qué te importa? A menos que quieras hacerme una proposición…

En lugar de parecer molesta u ofendida, Issy soltó una carcajada.

–Por favor, no seas tan engreído. Un hombre con tu fobia al compromiso no es precisamente un gran partido.

–Ah, me alegra saberlo –dijo él, no tan complacido como debería.

Apoyando los codos en la mesa, Issy lo miró a los ojos.

–Siento curiosidad. ¿Qué te ha pasado para que estés tan decidido a no tener una relación seria con nadie?

–Tengo relaciones normales –dijo él–. ¿Cómo llamas a esto nuestro?

Ella rió de nuevo, con los ojos brillantes.

–La nuestra no es una relación normal. Al contrario, yo diría que es bastante inusual.

–Muy graciosa –Gio le hizo un gesto al camarero para que les llevase la cuenta.

–¿Nos vamos?

–Tomaremos el postre en la villa –respondió Gio. Era hora de dejar de hablar de esas tonterías y empezar a debatir qué parte de ella quería devorar primero–. Allí hablaremos de lo inusual que es.

***

Cada vez que la tomaba del brazo, le susurraba algo al oído o sus ojos de color chocolate se deslizaban por su cuerpo, la emoción de Issy aumentaba un poco más. Y estaba segura de que él lo sabía.

Pero no iba a dejarse distraer tan fácilmente. Aún no, al menos.

–¿Qué ocurre, Gio? ¿Es que no sabes por qué no puedes mantener una relación normal con una mujer?

Él golpeó la mesa con la mano, impaciente.

–No es que no pueda –contestó–. Es que no quiero –añadió, inclinándose hacia delante con una sonrisa en los labios–. ¿Por qué voy a molestarme si nunca podría salir bien?

–¿Por qué no iba a salir bien? –insistió ella.

–Los hombres y las mujeres se unen por atracción animal –respondió Gio, con una sonrisa cínica–. Pero eso no dura. Al final, acaban odiándose unos a otros, aunque finjan no hacerlo. Es la naturaleza humana.

–Eso no es cierto.

–Los seres humanos mantienen relaciones sexuales, así de sencillo. Se puede adornar con corazoncitos y flores, pero yo he decidido no hacerlo.

Issy contuvo el aliento, sorprendida por su convicción y un poco dolida por su tono condescendiente.

Hasta ese momento había sido una noche mágica, tanto que se había dejado engañar por una falsa sensación de compañerismo.

Pero estaba en Florencia con un hombre increíblemente guapo que conocía todas sus zonas erógenas. ¿Por qué no iba a disfrutar?

Sin embargo, a medida que pasaba la noche no era sólo la promesa del placer físico lo que la excitaba.

Su primera parada había sido la Galería de los Oficios, donde un estudiante de arquitectura que trabajaba como guía les había enseñado los tesoros artísticos de la ciudad.

Gio había tomado cursos de Historia del Arte y sus interminables preguntas no parecían molestarlo. Al contrario, le había contado fascinantes historias sobre los cuadros con un conocimiento y una pasión que la habían cautivado.

Cuando salieron de la galería se había hecho de noche, la oscuridad le daba a la ciudad un nuevo encanto. Los turistas habían desparecido para cenar después de un día visitando museos bajo el inclemente sol de agosto y los florentinos se habían retirado a sus casas. Pero en las terrazas de los cafés había grupos de gente, elegantes jóvenes italianos gesticulando y riendo...

Mientras admiraba Florencia y sus habitantes, Issy experimentaba una extraña sensación de estar en casa. Esa noche, con Gio a su lado, daba igual que no hablase una palabra de italiano y que no pudiese tener un aspecto menos mediterráneo. Sabía que era una tontería, conjurada por el encanto de la ciudad, pero experimentaba una increíble sensación de felicidad, unida al deseo que corría por sus venas.

¿Y si Gio y ella pudieran volver a ser amigos además de amantes durante aquellos días?

La cena había sido maravillosa. La pequeña pero abarrotada *trattoria* con siglos de historia en sus muros era un sitio al que Gio debía ir a menudo porque el *maître* lo había recibido afectuosamente… y, por supuesto, les había dado la mejor mesa.

Issy sospechaba que Gio había llevado allí a muchas mujeres, pero no quería que le importase. Aquellos días eran lo único que tenía con él, una oportunidad no sólo de disfrutar de la atracción física que había entre ellos sino también de renovar la amistad de su infancia, antes de que la madurez y los malentendidos durante una noche de sexo la hubieran arruinado.

¿Pero cómo iban a hacerlo si Gio insistía en tratarla como si su opinión sobre el amor y la relaciones sentimentales fuesen una ridiculez?

Tal vez había sido demasiado joven e ingenua a los diecisiete años y, desde luego, había cometido un grave error al pensar que Gio podría amarla, pero tenía la intención de seguir buscando al hombre de su vida y no le hacía la menor gracia que Gio la tratase como si fuera tonta.

—Todo eso es muy interesante. ¿Pero y el amor? ¿Qué pasa cuando encuentras a la persona con la que quieres vivir el resto de tu vida?

—No seguirás creyendo que eso va a ocurrir, ¿verdad? –dijo él, con una sonrisa incrédula.

—Pues claro que sí, ocurre todo el tiempo. Es lo que pasó entre mis padres –insistió Issy–. Se adoraban. Mi madre sigue hablando continuamente de mi padre y murió hace más de veinte años.

–Si tú lo dices –murmuró Gio, escéptico–. Pero entonces tus padres son la excepción.

–¿Y por qué no voy a pensar que tus padres son la excepción y no los míos? –replicó ella.

Gio se echó hacia atrás en la silla e Issy supo que había tocado nervio. El cinismo de Gio, su amargura, no tenía nada que ver con su opinión sobre ella sino con el terrible ejemplo de sus padres.

Aunque los Hamilton se habían divorciado tres años antes de que su madre y ella fueran a vivir a Hamilton Hall, Issy había escuchado historias de peleas, rencores y traiciones durante años.

Dos personas muy atractivas, Claudia Lorenzo, una belleza convertida en actriz y luego en modelo; y Charles Hamilton, el duque de Connaught, se habían peleado en público antes de que Claudia lo abandonase, llevándose a su hijo de nueve años con ella.

La batalla por la custodia de Gio había aparecido en todas las revistas, aunque Issy nunca había entendido por qué el duque había luchado tanto por su hijo cuando lo trataba tan mal durante sus visitas de verano.

De adolescente, había pensado que era una historia tan dramática como *Cumbres borrascosas*, pero ahora se daba cuenta de lo trágico que debía haber sido para Gio. Y entendía también que eso hubiera retorcido su visión de las relaciones para siempre.

–Tus padres eran dos personas egoístas e irresponsables que sólo pensaban en sí mismos –siguió–. Pero eso no debería afectarte hasta el punto de evitar cualquier relación seria.

Gio tiró la servilleta sobre la mesa.

–¿Quieres dejarlo ya, Issy? No sabes de qué estás hablando.

–Sé lo suficiente. Mi madre y yo oíamos vuestras peleas, sabíamos que tu padre te gritaba y te humillaba. Y yo veía por mí misma cuánto te afectaba eso. Esa última noche, cuando fui a buscarte al huerto, acababas de tener una enorme pelea con él y estabas disgustado, así que… –Issy se dio cuenta de algo entonces–. Por eso me necesitabas, por eso hicimos el amor –dijo entonces, con el corazón en la garganta–. Por algo que tu padre te dijo.

Supo que había dado en el clavo cuando Gio apartó la mirada.

Fuera lo que fuera lo que su padre le había dicho esa noche, había hecho que Gio buscase compañía, alguien que lo ayudase a olvidar el dolor. Y, debido a las circunstancias, había sido ella.

Esa revelación no debería importarle tanto, pero le importaba. Issy había creído durante diez largos años que esa primera vez había sido un terrible error debido a sus románticas fantasías, pero de verdad Gio la había necesitado. Sólo que no como ella creía.

–No hicimos el amor –dijo él–. Nos acostamos juntos, que es muy diferente.

Issy no reaccionó ante esas crudas palabras.

–¿Qué te dijo? –le preguntó, con el corazón encogido al ver la angustia en su rostro.

–¿A quién le importa lo que dijera? Fue hace un millón de años.

No había ocurrido un millón de años antes y, aunque así fuera, era evidente que seguía doliéndole.

–¿Qué te dijo, Gio?

–Maldita sea, ¿no vas a dejarlo estar de una vez?

–No –respondió Issy.

–Muy bien, me dijo que yo no era hijo suyo –dijo Gio entonces–. Que Claudia había tenido muchas relaciones durante su matrimonio y que yo era un bastardo.

Issy se llevó una mano al corazón.

–Pero eso debió dejarte destrozado –murmuró.

¿Cómo podía el duque haberle dicho eso a su propio hijo? ¿Qué clase de canalla podía hacer eso?

–Pero la batalla por tu custodia… si pensaba eso no entiendo por qué…

–Necesitaba un heredero –la interrumpió Gio–. Y sospecho que disfrutaba llevando a Claudia a los tribunales.

Lo había dicho con tono helado, pero Issy lo conocía bien y podía ver el dolor que no podía disfrazar; el dolor del chico que había sido herido por las dos personas que más deberían haberlo querido.

–Lo siento mucho –murmuró, poniendo una mano sobre la suya.

–¿Qué es los que sientes? –replicó él, apartando la mano como si lo quemara–. Da igual. De hecho, fue un alivio. Siempre me había preguntado por qué nada de lo que yo hacía podía complacerlo.

Estaba mintiendo, le dolía. Se quedaba en silencio durante días después de las reprimendas del duque cuando era adolescente. Issy había visto el dolor y la confusión que intentaba esconder bajo un muro de indiferencia. Y había visto lo infeliz que se sentía esa noche.

Y seguía doliéndole.

Era lógico que no pudiese creer en el amor con una experiencia como la suya.

—Maldita sea, déjalo ya —dijo Gio entonces, levantándose y tirando unos billetes sobre la mesa.

—¿Que deje de hacer qué?

—Deja de psicoanalizarme —respondió él, tomándole la mano para salir del restaurante.

—No estoy psicoanalizándote —protestó Issy—. Estoy intentando entender…

—No hay nada que entender —la interrumpió él una vez fuera del restaurante—. Yo te deseaba y tú a mí también, eso es todo. Esa noche no tuvo ninguna importancia, sencillamente eras virgen. Y de haberlo sabido no me habría acostado contigo por mucho que lo deseara.

A Issy se le encogió el corazón de nuevo. ¿Por qué era incapaz de admitir que necesitaba a alguien?

—Muy bien, pero sigo pensando…

—No pienses tanto, esa noche fue una cuestión de sexo, de pasión animal —la interrumpió Gio, señalando la Vespa—. La misma que siento ahora. Sube a la moto.

—Deja de darme órdenes, no soy tu esclava —replicó ella, mientras se ponía el casco–. ¿Y si te dijera que no estoy interesada en tu pasión animal?

–No te creería –replicó él con irritante seguridad mientras subía a la moto–. Vamos, sube. Tienes diez segundos o lo haremos contra la pared en ese callejón. Tú eliges.

–¿Quieres dejar de portarte como un cavernícola?

–Diez…

–¿Cómo te atreves a hablarme así?

–Nueve…

Estaba de broma, tenía que estarlo.

–Ocho…

–No sé quién crees que eres para darme órdenes.

Gio enarcó una ceja.

–Siete…

Issy empezó a sentir un cosquilleo entre las piernas.

–Seis…

–Y, francamente, pareces creerte irresistible…

–Cinco…

–Y no lo eres.

–Cuatro… –Gio apoyó las manos en el manillar de la moto, como un tigre dispuesto a saltar sobre su presa–. Tres…

–Como si yo fuera a hacer nada en público –siguió Issy, desesperada por encontrar su voz.

–Dos… –Gio se levantó, sujetando el manillar de la moto.

Issy se puso en jarras.

–Espera un momento…

–Uno.

Issy subió a la Vespa a toda velocidad.

–Muy bien, de acuerdo. Tú ganas… por ahora.

Gio soltó una carcajada.

–Pero no pienso dejar el tema. Eres un arrogante y…

La protesta de Issy quedó interrumpida cuando Gio arrancó la Vespa a toda velocidad.

Mientras atravesaban la ciudad vio parejas abrazadas en la oscuridad y experimentó de nuevo ese cosquilleo entre las piernas.

¿Qué posibilidades había de mantener una conversación sensata, y menos una discusión seria, cuando volviesen a la villa?

Ninguna.

Cuando llegaron a la casa, Gio le tomó la mano sin decir una palabra. Y tampoco Issy dijo nada, demasiado preocupada pensando en la «pasión animal» como para recordar por qué había puesto objeciones.

En segundos Gio la tuvo desnuda.

Mientras se quitaba la ropa, Issy lo miró, hipnotizada por la masculina belleza de su cuerpo a la luz de la luna. Luego miró la poderosa erección mientras se ponía un preservativo…

Y la pasión animal despertó como una llama.

–Nada de tácticas de retraso –dijo él, empujándola contra la puerta–. No hay nada que entender, lo único que necesitamos es esto.

–¿Por qué no podemos tener las dos cosas? –preguntó ella.

Pero supo que era una batalla perdida cuando notó la erección rozando los pliegues de su piel.

Sus ojos se encontraron en la penumbra de la habitación…

–Más tarde, Isadora –murmuró Gio, besándola apasionadamente–. Ahora estamos ocupados.

Después de decir eso, la empaló de una embestida e Issy dejó escapar un suspiro de placer.

Muy bien, más tarde, pensó vagamente mientras él se enterraba hasta el fondo.

Más tarde, mucho más tarde, con el cuerpo ardiendo por una sobredosis de actividad sexual, por fin cayeron sobre el colchón.

–¿No crees que podríamos hacerlo un poco más despacio? –le preguntó, apoyando la cabeza en su hombro, tan cansada que tuvo que cerrar los ojos.

Y lo oyó reír mientras le ponía una mano en el trasero.

–La próxima vez. Ahora, duérmete –dijo Gio, besándole el pelo–. Issy, ¿qué demonios voy a hacer contigo?

Había cierta confusión en su voz y eso la conmovió.

«Ser mi amigo otra vez», pensó.

Un segundo después, el cansancio y una extraña sensación de bienestar después de un encuentro tan apasionado la arrastraron al mundo de los sueños.

Capítulo Siete

–Despierta, bella durmiente, tienes que apartarte del sol o acabarás con quemaduras de tercer grado.

Issy se cubrió los ojos con una mano para ver a Gio sobre ella, alto y guapísimo con un pantalón de lino y una camisa de color claro.

–¿Ya has vuelto? –Issy se estiró perezosamente. Se había ido a una reunión después del desayuno y ella había decidido nadar un rato en la piscina. Era una sorpresa que hubiera vuelto tan pronto.

Gio se puso en cuclillas para mirarla a los ojos.

–He estado fuera dos horas. Y tú tienes la nariz muy roja.

–¿Qué hora es? –preguntó Issy, medio grogui, decidida a no preguntarse por qué su corazón se aceleraba al ver que mostraba cierta preocupación por ella.

A pesar de la discusión con Gio sobre la «pasión animal» estaban empezando a ser amigos de nuevo. Después de dos días, el compañerismo entre los dos era tan excitante como la relación sexual.

Si el primer día en Florencia había sido mágico, el día anterior lo había sido más. Habían comido en una *trattoria* en el Mercado Centrale y Gio se había reído de sus patéticos intentos mientras trataba pedir la pizza en italiano.

Luego habían ido a ver los preciosos mosaicos de la basílica de San Miniato al Monte y más tarde se habían abrazado bajo las estrellas mientras veían *La Dolce Vita* en una pantalla de diez metros en un parque cercano.

En las últimas veinticuatro horas, Issy había conocido a un hombre culto y carismático, con un gran sentido del humor, apasionado por su trabajo y por la bella ciudad en la que vivía.

Tal vez no habían hablado del pasado ni de nada personal, algo deliberado por parte de Gio, pero ella tampoco había insistido. ¿Por qué arruinar el momento?

Gio miró el reloj.

—Es más de la una y ésta es la hora en la que no se debe tomar el sol.

—Ah —Issy llevaba una hora durmiendo y seguramente tendría quemaduras al día siguiente. Por suerte, se había puesto crema solar con factor de protección 50.

—No sé por que me miras así, es culpa tuya.

—¿Por qué?

—Eres tú el que no me deja dormir desde que llegamos a Florencia —bromeó Issy, aunque era cierto.

La suya era una amistad con derecho a roce, pensó mientras su pulso se aceleraba al ver los poderosos muslos bajo el pantalón.

Lo habían hecho rápido, fuerte, despacio, lentamente… y de muchas más maneras. El poder de recuperación de Gio era hercúleo e Issy nunca se había sentido más satisfecha o más exhausta en toda su vida.

Cuando despertaba entre sus brazos por la mañana, respirando el ya familiar aroma de su piel, se sentía viva.

Y esa mañana, cuando se marchó temprano porque tenía una reunión, se había sentido sola.

Lo estaban pasando muy bien, era cierto. Pero eso tenía que terminar.

–¿Cuánto tiempo llevas aquí? ¿Te has puesto crema solar?

–Sí, jefe.

–Oye, que no tiene gracia. Lo digo en serio, las quemaduras del sol no son ninguna broma.

–Y eso lo dice un hombre que seguramente nunca se ha quemado –dijo ella, pasando el dedo por un bronceado bíceps–. En serio, pareces mi madre.

–¿Ah, sí? –Gio levantó una ceja.

–Sí.

–Pues sólo por eso…

Issy lanzó un grito cuando la levantó en brazos de la hamaca.

–¿Qué haces?

–Voy a refrescarte –respondió él.

Issy intentó que la soltara, pero Gio no estaba dispuesto a hacerlo.

–¡Ya he nadado un rato esta mañana!

Ignorando sus protestas, Gio se acercó al borde de la piscina.

–Pero yo no –respondió, lanzándose al agua.

–¿Es por el sol o te has ruborizado? –le preguntó Gio con una sonrisa.

–No sé de qué estás hablando.

Estaban sentados en la terraza, el vello oscuro de su torso mojado visible bajo la solapa del albornoz.

–No sabía que pudieras moverte tan rápido –Gio le sirvió limonada de una jarra–. Creo que has batido un récord.

Issy tomó un sorbo de limonada.

–No tiene gracia. No sé qué pensará de mí tu ama de llaves.

Estaban a punto de hacer el amor en la piscina cuando Carlotta los había interrumpido anunciando que iba a servir el almuerzo en la terraza. Issy había salido del agua a toda velocidad, muerta de vergüenza y aún no se le había pasado el apuro.

–Carlotta no pensará nada –dijo él, sirviendo la ternera parmesana en su plato–. Es italiana y los italianos no se andan con tantos remilgos como vosotros, los británicos.

–¿Vosotros? Tú también eres medio británico.

–Soy más italiano que británico, te lo aseguro.

–Sí, es cierto.

Issy sonrió, pero seguía apurada por la escena en la piscina. ¿Cómo no había visto a Carlotta en la terraza?

¿Y cómo podía dejarse llevar de ese modo por Gio, sabiendo que la casa estaba llena de empleados que podrían interrumpirlos en cualquier momento?

Gio la había convertido en una ninfómana en unos días y eso empezaba a preocuparla.

¿No debería la pasión empezar a disiparse un poco?

Gio le tomó la mano para enredar los dedos con los suyos.

–En deferencia a tu británica sensibilidad, sugiero que nos retiremos al dormitorio después de comer.

Issy no era capaz de decir que no y eso la preocupó aún más. ¿No iba a poder rechazarlo nunca?

Carlotta salió a la terraza de nuevo y ella apartó la mano, cortada. Pero mientras Gio abría el sobre que le había llevado, Issy se preguntó cuántas mujeres habrían estado allí, en la piscina. Cuántas veces habría visto Carlotta la misma escena… y esa punzada de celos hizo que frunciera el ceño. Las otras mujeres no deberían importarle…

–Maldita sea…

Issy vio que Gio tiraba una tarjeta a la papelera.

–¿Qué ocurre?

–Nada –dijo él, tomando el cuchillo y el tenedor.

–Tiene que ser algo para que te hayas enfadado –Issy sacó la tarjeta de la papelera y leyó el nombre de Carlo Nico Lorenzo–. ¿Quién es?

–He tirado la tarjeta porque es basura –respondió Gio.

–¿Es pariente tuyo? Lorenzo era el apellido de tu madre.

Él suspiró, irritado.

–Carlo es el nieto del hermano mayor de Claudia, que también se llama Carlo. Y esa tarjeta es una invitación para el bautizo. ¿Podemos terminar de comer?

–Entonces, es el nieto de tu tío abuelo.

–Sí –Gio seguía concentrado en su plato y la curiosidad de Issy aumentó.

–¿No te llevas bien con ellos?

–Oye, a veces tu insistencia es muy irritante.

–Ya, bueno, ¿pero qué dice la tarjeta?

–Dice:

Te echamos de menos, Giovanni, eres de la familia y esta vez esperamos que vengas.

Lo cual es absurdo porque apenas conozco a ese hombre ni a su familia.

–¿Esta vez? ¿Te han invitado a más reuniones familiares?

–No lo sé… sí, a muchas –Gio dejó escapar un suspiro de irritación–. Claudia tenía cinco hermanos y todos ellos tienen un montón de hijos, así que hay alguna fiesta familiar todas las semanas.

–¿Dónde viven?

–A una hora de aquí –respondió él–. Mi familia tiene un olivar en San Giminiano y la mayoría de ellos sigue viviendo allí. ¿Por qué te interesa tanto?

Issy suspiró. Su familia consistía en su madre y ella, nada más. Y siempre había soñado con tener hermanos, primos, tías. Sabía perfectamente que también Gio era hijo único y que se había sentido más solo que ella de niño. ¿Entonces por qué no se relacionaba con su familia?

–Por favor, Gio, ¿por qué no vas a verlos? Son tu familia.

–Yo no tengo familia. Ni siquiera los conozco –replico él–. No se hablaban con mi madre, la dejaron fuera de su vidas.

–¿Es por eso por lo que no te caen bien? –le preguntó ella, desconcertada–. ¿Porque trataron mal a tu madre?

–No, claro que no –respondió él, irritado y algo más que no podría definir–. Imagino que mi madre les hizo la vida imposible como se la hacía a todo el mundo. Era una pesadilla vivir con ella, así que los comprendo.

Ah, de modo que era por eso por lo que nunca hablaba de su madre.

–¿Te disgusta no haberlos conocido de niño?

Gio apartó su plato, enfadado.

–En caso de que aún no te hayas dado cuenta, esta conversación no me interesa nada.

–Pero a mí sí –replico Issy, decidida a no dar marcha atrás esta vez–. Creo que los culpas a ellos, pero no deberías…

–No los culpo a ellos –la interrumpió Gio, levantándose de la silla–. ¿Por qué iba a importarles si no me conocen de nada?

–Pero te envían invitaciones para las reuniones familiares –dijo Issy, sintiéndose desesperadamente triste por él–. Tiene que haber alguna razón por la que no tuvisteis relación cuando eras niño. Tal vez…

–Lo intentaron. Conocí a Carlo una vez.

–¿Ah, sí?

–Fue a nuestro apartamento en Roma, pero Claudia no estaba allí. Estaba de fiesta.

–¿Cuántos años tenías?

–Diez –respondió Gio.

Issy se mordió los labios, intentando no pensar en él solo en su casa con diez años...

Pero entonces se dio cuenta de otra cosa: Gio siempre llamaba a sus padres «Claudia» y «el duque», nunca «mi padre» o «mi madre». Y ahora entendía por qué. Nunca habían sido sus padres de verdad, sólo dos personas que se habían peleado por él en los tribunales para luego rechazarlo.

–¿Qué pasó con Carlo?

Gio se encogió de hombros.

–No mucho. Quería ver a Claudia y, mientras esperábamos juntos a que volviera, me dijo quién era y me preguntó cosas...

Parecía tan sorprendido incluso ahora que a Issy se le encogió el corazón. Era lógico que no tuviera fe en las relaciones o en la familia porque nunca había sido parte de una. Nadie se había preocupado por él de verdad.

–Por fin, Claudia volvió a casa, borracha como siempre... –siguió–. Discutieron amargamente, ella llamó a la policía y Carlo tuvo que marcharse. Nunca volvió, pero las invitaciones empezaron a llegar unos meses después, siempre dirigidas a mí. Ella las tiraba todas sin dejar que las abriese... –Gio sacudió la cabeza–. Después de su muerte contesté a algunas disculpándome, pero siguen enviándolas.

–Yo creo que deberías ir al bautizo para ver a tu familia.

–Por favor... ¿no has oído una palabra de lo que

he dicho? No quiero ir, no tengo nada que ver con esa gente.

–Sí tienes que ver. Y no debes tener miedo, Gio.

–Yo no tengo miedo, no digas tonterías.

Pero lo tenía, era evidente. Tenía miedo de acercarse a alguien, de confiar.

Y eso la conmovió.

Los niños merecían ser queridos de manera incondicional, apoyados en todo lo que quisieran hacer. Pensó en su madre, en cómo había apoyado siempre todas sus decisiones. Edie siempre había estado ahí para ella, tratándola como si fuera Sarah Bernhardt cuando hizo de tomate en la obra del colegio, ofreciéndole su hombro para llorar cada vez que tenía un problema, animándola cuando abandonó su viejo sueño de ser actriz para dirigir el Crown and Feathers porque descubrió que le gustaba más gestionar un teatro que angustiarse interpretando un papel.

Gio nunca había tenido eso de niño. Había estado completamente solo, criticado y rechazado por su padre, ignorado por su madre. Aunque había conseguido el éxito en la vida, había sobrevivido cerrándose en banda y convenciéndose a sí mismo de que no necesitaba amor.

Gio había necesitado un amigo de niño y seguía necesitándolo.

–Tu familia podría ser muy importante para ti. ¿Es que no te das cuenta?

Él rió, con expresión amarga.

–Sigues siendo una romántica, como siempre –le

dijo–. No estoy interesado en conocer a la familia de Claudia, no tengo nada que ver con ellos y ellos no tienen nada que ofrecerme. Sólo necesito una cosa y no tiene nada que ver con eso –añadió, tomándola por la cintura para buscar sus labios.

Issy enredó los dedos en su pelo y le devolvió el beso sin poder evitarlo. Un beso en el que podía saborear su desesperación.

–Enreda las piernas en mi cintura –le dijo con voz ronca.

Ella obedeció, besándole la mejilla y el cuello mientras la llevaba al dormitorio. Gio volvió a buscar su boca mientras la tumbaba sobre la cama, quitándole el albornoz con manos ansiosas.

–Me encanta que siempre estés húmeda para mí –susurró, enterrando los dedos entre sus piernas.

Antes de que tuviera oportunidad de decir nada, Gio sujetó sus caderas y se colocó entre sus muslos, la fuerza de sus embestidas le provocó un placer que pareció durar una eternidad hasta que, por fin, cayó al abismo y lo oyó rugir de satisfacción mientras caía con ella.

Issy acariciaba el pelo de Gio, temblando después de aquel titánico orgasmo.

Sentía como si hubiera sobrevivido a un terremoto.

Gio levantó la cabeza para mirarla... y parecía tan sorprendido como ella.

–No me he puesto preservativo, ¿eso es un problema? –le preguntó por fin, apartándose.

–¿Perdona?

–Que no hemos usado preservativo –repitió Gio después de aclararse la garganta–. Se me ha olvidado... ¿cuándo debes tener el periodo?

–Yo...

–No estarás en medio del ciclo, ¿verdad?

–No, no, debo tenerlo pronto –Issy hizo un rápido cálculo mental–. Mañana o pasado.

–Gracias a Dios –Gio suspiró, dejándose caer sobre la almohada.

–¿En Italia venden la píldora del día siguiente? –le preguntó Issy. La idea de tomarla hacía que se le encogiera el corazón.

–Seguramente necesitarías una receta.

–Ah, claro. Bueno, no creo que tenga que hacerlo. Y, en cualquier caso, siempre puedo comprarla en Londres... tal vez debería volver a casa, por si acaso.

No habían hablado de su regreso a Londres... ¿por qué no habían hablado de ello? De repente, le parecía vital.

–Llamaré por teléfono a una agencia de viajes –murmuró, levantándose de la cama.

–No creo que tengas que marcharte. Y si tuvieras que hacerlo, yo te llevaría –Gio le tiró del brazo para que volviese a su lado–. Pero vamos a esperar hasta mañana.

Debería marcharse, pensó ella. Tendría que hacerlo tarde o temprano, pero se sentía conmovida por su interés en retenerla.

–Pero sólo quedamos en estar aquí unos días –le recordó.

–Hemos hecho una tontería, nada más. Tú misma has dicho que no habrá ninguna consecuencia.

Issy intentó contener los latidos de su corazón.

–No te preocupes, si hubiera que hacerlo lo solucionaríamos –dijo Gio con voz firme–. Pero no vamos a pensar en ello ahora mismo. Vamos vestirnos... y ponte algo bonito. Voy a llevarte a un sitio especial.

–¿De verdad crees que...?

–Podemos ir donde quieras –la interrumpió él–. Tú eliges.

–Muy bien.

Issy entró en el cuarto de baño y cerró la puerta, llevándose una mano al corazón. Todo estaba bien, no iba a pasar nada.

Y mientras llenaba la bañera se le ocurrió algo que la hizo sonreír.

Gio había dicho que podía elegir dónde iban esa tarde y sabía exactamente dónde quería ir.

¿Qué demonios había hecho?

Gio estaba en la cama, con las manos en la nuca, mirando el ventilador del techo.

Había hecho el amor con Issy sin preservativo... ¿había perdido la cabeza?

Él jamás olvidaba ponerse preservativo. En parte por razones de seguridad personal, pero sobre todo porque no tenía el menor deseo de convertirse en padre. Aunque la mujer con la que estaba tomase la píldora, siempre usaba protección.

Pero Issy lo excitaba más que ninguna otra mujer y, por primera vez en su vida, se había olvidado de tomar precauciones.

Era culpa de Issy. Ella lo había hecho sentir vulnerable con todas esas tonterías sobre la familia hasta que estuvo desesperado por hacerla callar.

Pero en cuanto empezó a besarla, en cuanto la tocó, lo único que deseaba era estar dentro de ella, sin pensar en las consecuencias.

Había sido un error, una locura.

Gio saltó de la cama y se puso el albornoz, pasándose una mano por el pelo.

¿Y si estaba embarazada? conocía bien a Issy y sabía que no pensaría siquiera en abortar, pero él no quería tener un hijo. Más que nadie, él sabía lo que era ser un estorbo, una inconveniencia, un error.

¿Y por qué insistía en que se quedase? Debería llevarla a Londres aquella misma tarde e ir con ella a una farmacia para asegurarse de que no habría consecuencias.

Había sido un momento de locura temporal, pensó mientras se dejaba caer sobre una silla en la terraza. Aunque no estaba seguro de que fuese temporal.

Aquella mujer lo volvía loco. Se había hecho adicto a ella.

Al aroma de su pelo cuando despertaba por la mañana, al sonido de su voz mientras charlaba, incluso al gesto desafiante de su barbilla y al brillo de compasión en sus ojos azules cuando insistía en que acudiera al bautizo…

Estaba tan cautivado por Issy que había ido a trabajar esa mañana para demostrarse a sí mismo que podía estar sin ella. Pero el plan había fallado porque no era capaz de concentrarse en nada...

Y cuando Issy anunció que se iba a Londres, había sentido pánico.

Pánico.

Él nunca experimentaba sentimientos tan profundos por las mujeres, pero Issy... debería tomarse un respiro porque acostándose con ella no estaba logrando cansarse de ella como había pensado.

Tal vez ese era el problema, pensó. No estaba acostumbrado a compartir su casa con una mujer, pero en cuanto pasara la novedad sería capaz de decirle adiós. Y entonces todo volvería a la normalidad.

Sencillamente, estaba tardando más de lo esperado en cansarse de ella.

—¿Quieres ir allí? —exclamó Gio, apretando con fuerza el volante del Ferrari.

—Eso es —Issy sonrió, sacando la tarjeta del bolso—. Tengo aquí la dirección. Y tenías razón, es San Giminiano. Me he puesto mi mejor vestido, así que nos vamos cuando quieras.

—Issy, ya hemos hablado de esto. Te he dicho que no quiero saber nada de esa familia...

—También has dicho que yo podía elegir dónde íbamos hoy y he decidido que vamos al bautizo de tu primo.

–No es mi primo, no es nada mío –protestó Gio, airado.

–Si ese es el caso, ¿por qué te da tanto miedo hacerles una visita?

–¡No me da miedo!

–Demuéstralo.

Gio abrió la boca para decir que ya no era un niño y no le interesaban los retos, pero al ver un brillo de compasión en sus ojos no le salieron las palabras.

–Muy bien, de acuerdo, iremos a ese maldito bautizo –asintió por fin–. Pero te garantizo que te vas a morir de aburrimiento.

–No lo creo. Y tú tampoco –dijo Issy, poniéndole una mano en el brazo–. Va a ser una experiencia que no olvidarás nunca.

«Lo sé», pensó él mientras arrancaba el Ferrari.

Capítulo Ocho

–Giovanni, *mio ragazzo, benvenutto alla famiglia.*

Issy parpadeó para controlar las lágrimas al ver que Carlo Lorenzo abrazaba a su sobrino.

Tenso y vacilante, Gio se inclinó para aceptar dos besos en la mejilla. Carlo le dijo algo mientras le apretaba la mano… Issy no lo entendió pero, por la expresión de Gio, debía estar diciéndole lo contento que estaba de verlo.

Y sintió un alivio tan profundo que tuvo que buscar un pañuelo en el bolso.

Había tenido miedo de que saliera mal, de que sus parientes no lo recibieran con los brazos abiertos… pero no había sido así. Sin embargo, era la primera vez que veía a Gio tan nervioso y su reacción la obligaba a admitir una descorazonadora verdad.

¿Por qué había pensado que tenía derecho a meterse en su vida? Gio nunca había mostrado interés alguno por involucrarse en la suya. Llevaban tres días teniendo relaciones íntimas, unas relaciones que terminarían pronto, además. ¿Le daba eso derecho a decidir lo que Gio necesitaba?

No estaba segura, pero mientras Carlo seguía charlando con él, Issy suspiró de alegría por lo bien que lo había recibido la familia Lorenzo.

–Tú eres la *ragazza* de Giovanni, ¿eh?

Quien hablaba era una joven bajita, guapa y muy embarazada.

–Soy Issy Helligan –se presentó, sin saber muy bien cómo responder a la pregunta. ¿*Ragazza* significaba novia? ¿Era ella la novia de Gio? No, en absoluto–. Soy amiga de Gio. Lo siento, pero no hablo italiano.

–No te preocupes por eso –dijo la joven–. Mi nombre es Sophia, como la Loren. Lamentablemente, de ella sólo tengo el nombre, no su cuerpo o su cara.

Issy rio.

–¿Cuándo sales de cuentas? –le preguntó, señalando su abultado abdomen.

–En dos semanas, pero mi marido, Aldo, dice que será antes. Nuestros dos hijos nacieron antes de lo previsto, así que es una posibilidad.

Sophia, que parecía más joven que ella, ya tenía dos hijos y un tercero en camino… y un hombre que la quería.

«¿Que has estado haciendo con tu vida, Issy?».

–Ven –dijo Sophia, tomándola del brazo–. Mis hermanas me han enviado a buscarte.

Issy se alejó de Gio, que parecía nervioso mientras Carlo le presentaba a más parientes.

–Todas quieren saber sobre ti y Giovanni –estaba diciendo Sophia–. Es como el hijo pródigo, ¿sabes? Eres muy guapa, por cierto. Y nosotros somos muy curiosas, te lo advierto.

–Gio y yo somos amigos… y me siento como una

traidora por dejarlo solo. He sido yo quien ha sugerido que viniéramos.

–Giovanni es mayorcito, no te preocupes por él.

Sophia la llevó hasta un grupo de mujeres, desde los doce a los noventa años, que miraban a Issy sin disimular su curiosidad.

–Mi padre llevaba esperando más de veinte años para ver al *ragazzo perdutto* –añadió Sophia–. Así que estará pendiente de él toda la tarde. Pero cuando empiece el baile podrás recuperarlo.

¿El baile? Issy sonrió. Curiosamente, nunca había bailado con Gio.

–¿Qué significa *il ragazzo perdutto*?

–El hijo perdido. Así es como lo llama mi padre, Carlo. Está preocupado por él desde que fue a verlo a Roma hace años y siempre ha dicho que no tenía nadie que lo quisiera… –Sophia sonrió–. Pero he visto cómo lo mirabas, de modo que ya no está perdido.

El pulso de Issy se aceleró al escuchar esas palabras.

–Vamos a bailar, Isadora.

Issy volvió la cabeza al escuchar la voz de Gio.

–Ah, hola. ¿Por fin has escapado de tu tío?

–No te rías –le advirtió él, tomándola por la cintura–. Llevo dos horas hablando con personas a las que no conozco. He conocido más gente en una tarde que en toda mi vida. Y, por lo visto, todos son parientes míos.

Había saludado a Sophia y las demás mujeres, pero antes de que pudieran retenerlo había tomado a Issy de la mano para llevarla a la pista de baile; una tarima de madera colocada en el jardín.

Estaba empezando a anochecer, pero las luces colgadas de los árboles le daban un brillo mágico a la escena.

–Me han pellizcado la mejilla dos ancianas –siguió él–. Me han hecho contar la historia de mi vida veinte veces. Mi tía Donnatella me ha hecho comer *fusilli ortolana* y mi tía abuela Elisabetta conejo a la cazadora...

Issy tenía que hacer un esfuerzo para contener la risa.

–¿En serio?

–Y el invitado de honor ha estado a punto de hacerme pis encima.

Sin poder evitarlo, Issy soltó una carcajada.

A pesar del desconcierto y el cansancio de Gio, se daba cuenta de que lo había pasado bien. El día había sido un éxito.

Issy apoyó la mejilla en su hombro, sin dejar de sonreír.

–Estás encantado.

–Estoy agotado –replicó Gio–. Y lo único que me ha mantenido en pie es pensar de cuántas maneras voy a hacértelo pagar esta noche.

Issy puso una mano sobre su torso.

–Pobre Gio. Es horrible que te quieran, ¿verdad?

Él se quedó inmóvil.

–¿Qué has dicho?

–He dicho que es duro que te quieran –repitió ella.

–No me quieren. Sólo son buena gente haciendo lo que consideran su obligación.

Claro que lo querían, ¿por qué no podía verlo?

Issy querría decírselo pero, por su tensa expresión, estaba claro que Gio se negaría a creerlo. En realidad, él no sabía qué era el amor y, por lo tanto, era incapaz de reconocerlo.

–Mi padre quiere que le traduzca –Sophia estaba al lado de Carlo mientras el hombre apretaba la mano de Issy, diciendo algo en italiano–. Dice que te agradece mucho que hayas traído a Giovanni, que ha estado tanto tiempo alejado de la familia… que eres una mujer muy guapa por dentro y por fuera y que espera que Giovanni también se dé cuenta.

Issy sintió que se ruborizaba.

–Gracias.

Carlo se volvió hacia Gio para apretarle la mano. Issy vio que se ponía tenso y sus ojos se llenaron de lágrimas mientras Sophia iba traduciendo:

–Mi padre dice que la familia Lorenzo está muy orgullosa de Giovanni por todo lo que ha conseguido en la vida, a pesar de tener unos padres que no supieron serlo. Que ha hecho edificios preciosos que aguantarán el paso del tiempo… –la joven tragó saliva–. Pero que no debe olvidar nunca que lo único que permanece para siempre es la familia… y que empieza a hacerse mayor y ya es hora de que él forme una.

Todos rieron e Issy rió también ante la audacia del hombre. Cuando Gio replicó en italiano, notó que su tono era mesurado, sin sarcasmo alguno, y se alegró de corazón al ver que no estaba completamente ciego.

Cuando se despidieron de los Lorenzo, la mano de Issy fue a su abdomen de manera instintiva.

¿Y si su error terminaba en un embarazo?

Para su sorpresa, la pregunta no la asustó tanto como había pensado. Pero intentó olvidarse de ello, pensando que aquel había sido un día muy emocionante.

Sophia la abrazó mientras Gio subía al Ferrari.

–Debes venir al bautizo de mi hijo. Y si Giovanni hace lo que han dicho, tal vez el próximo sea el vuestro.

Issy se despidió de la cariñosa joven, intentando no tomarse en serio la pequeña broma.

Lo que había entre Gio y ella era algo temporal, eso había estado claro desde el principio.

Pero mientras toda la familia Lorenzo les decía adiós y un grupo de niños corría tras el coche, una lágrima rodó por su rostro. Eso era pertenecer a una familia, ser parte de algo más grande que uno mismo. Y no se había percatado de cuánto lo deseaba hasta ese momento.

–Bueno, no ha estado tan mal –dijo Gio, poniendo una mano en su rodilla mientras tomaba la autopista.

Issy se reclinó en el asiento, mirando las sombras de la fortaleza de San Giminiano desaparecer en la noche.

–¿Volverás a verlos? –le preguntó.

–Lo dudo –respondió Gio.

A pesar de esa repuesta, Issy tuvo que disimular una sonrisa. ¿Era su imaginación o no parecía tan seguro de sí mismo como de costumbre?

Mientras ponía el freno de mano, Gio miró a la mujer que dormía a su lado en el coche. Había sido increíble aquel día. Tan preciosa, tan cautivadora y tan importante para su tranquilidad. La había necesitado a su lado como no hubiera imaginado nunca.

Durante toda la tarde, cada vez que el impacto de conocer a su familia se volvía abrumador, su mirada iba instintivamente hacia Issy, que estaba charlando con las mujeres de la familia, jugando con los niños o encantando a sus tíos con su imposible italiano. Cuando sus ojos se encontraban, los latidos de su corazón adquirían un ritmo alarmante. Allí estaba, con el pequeño Carlo en brazos, tan relajada y feliz como si ella fuera parte de la familia, aunque los Lorenzo eran extraños para ella y ni siquiera hablaba el idioma.

–Será una madre excelente para tus hijos, Giovanni –le dijo su tío Carlo.

Era un hombre tradicional y sentimental, pero esas palabras habían dado vueltas en su cabeza durante toda la noche.

Gio volvió a mirarla a la luz de la luna, con su precioso pelo rojo enmarcando un rostro ovalado y una mano sobre el abdomen… de repente la imaginó embarazada de su hijo y el deseo despertó a la vida tan rápido que tuvo que apretar los dientes.

Muy bien, aquello era una locura temporal, pero empezaba a convertirse en una obsesión y una obsesión que temía no poder controlar.

Gio esperó en la oscuridad hasta que por fin estuvo lo bastante calmado como para sacarla en brazos del coche y llevarla al dormitorio. Pero mientras la desvestía, la imagen de Issy embarazada no abandonaba sus pensamientos.

No era el deseo que sentía por ella lo que lo inquietaba. Su atracción por Issy era algo tan natural como respirar; no, lo que lo turbaba era el irracional anhelo que iba con ese deseo. Un anhelo que no había sentido jamás.

Issy abrió los ojos al amanecer, antes de que saliera el sol, y dejó escapar un gemido al sentir una punzada de dolor en el abdomen. No quería despertar a Gio, de modo que se levantó en silencio para ir al baño.

Le había bajado la regla y se sentó en el inodoro, sintiéndose desolada. Lo cual era ridículo.

Que no estuviera embarazada era una buena noticia.

Tendría que ser tonta para desear estar embarazada en esas circunstancias. Ella no estaba preparada para ser madre y, por supuesto, Gio no lo estaba para ser padre.

El día anterior lo había demostrado sin la menor

sombra de duda. Gio desconfiaba del amor, de la familia y de las relaciones en general. Y aunque estaba empezando a cambiar un poco, haría falta algo más que una tarde con su familia para reparar el daño que sus padres le habían hecho.

Pero, a pesar de todas esas justificaciones, sentía una opresión en el pecho que le impedía respirar.

Issy se sonó la nariz y pasó la mano por su pelo antes de levantarse, pero la opresión seguía allí.

Mientras se miraba al espejo, pensó en Gio la noche anterior, emocionado mientras se despedía de su tío, y sintió una oleada de ternura. Y la opresión en el pecho la dejó sin aire.

–Dios mío…

Issy se apoyó en la encimera del lavabo, con las rodillas temblorosas.

–No puede ser… sólo han sido unos días.

Pero no podía mentirse a sí misma: se había enamorado locamente de Giovanni Hamilton. Otra vez.

Querría negarlo, pero de repente tenía sentido.

Su obsesión por que Gio conociese a su familia, la felicidad que había sentido al ver que empezaba a estar cómodo con ellos, su alegría por haber recuperado la amistad de su infancia… incluso la extraña pena al descubrir que no estaba embarazada.

Su fabulosa aventura con Gio nunca había sido por sexo o por amistad o para dejar atrás los errores del pasado. Eso sólo había sido una cortina de humo.

Era increíble. Podía haber cometido el mayor error de su vida. Dos veces.

Issy tardó diez minutos en salir del baño, pero al fin había conseguido poner las cosas en perspectiva.

Enamorarse de Gio otra vez no tenía por qué ser un desastre.

El hombre al que había empezado a conocer de verdad no era el arisco chico infeliz del que se había enamorado una vez. Era más maduro y también lo era ella.

No había imaginado la conexión que había entre ellos esos últimos días. O la alegría en el rostro de Gio cuando su tío Carlo le dio la bienvenida a la familia y le dijo lo orgullosos que estaban de él.

Y todo eso significaba que Gio no era una causa perdida.

Pero también sabía que el espectro del chico que había conocido seguía allí y, dada la crueldad con la que había sido tratado por sus padres, no sería fácil que bajase la guardia y aceptase su amor. Especialmente en tres días.

Después de lavarse la cara, Issy practicó una expresión de alivio frente al espejo para cuando informase a Gio de que no estaba embarazada.

No debía darle ninguna clave sobre sus sentimientos hasta que tuviese una estrategia. Tenía que calmarse y portarse de manera sensata, no como cuando tenía diecisiete años. Y eso significaba tomarse su tiempo para entender los sentimientos de Gio antes de hablarle de los suyos.

Poniendo una mano en el picaporte, Issy respiró profundamente. No quería recordar que sus estrategias hasta ese momento no habían tenido mucho éxito.

Cuando salió del baño agradeció que la habitación estuviese aún a oscuras.

—¿Qué ocurre? ¿Estás bien? —le preguntó Gio.

—Sí, estoy bien —respondió ella.

—¿Seguro? Llevas mucho tiempo en el baño.

Apoyado en la almohada, con la sábana por la cintura, Gio estaba tan guapo que, de nuevo, sintió una opresión en el pecho.

—En realidad, estoy mejor que bien. Tengo buenas noticias… acaba de bajarme el periodo.

Vio algo en sus ojos, un brillo extraño, pero había muy poca luz y no pudo averiguar qué significaba.

—Entonces no estás embarazada.

—No, no lo estoy. Qué alivio, ¿no?

«No digas nada, es demasiado pronto».

—Eso significa que no hay necesidad de ir a Londres a comprar la píldora del día siguiente —siguió—. Por suerte.

Gio se quedó en silencio durante largo rato, acariciando distraídamente su hombro.

¿No iba a decir nada? ¿No iba a decirle que quería que se quedase más tiempo? Ella necesitaba más tiempo.

—Eso está bien —murmuró por fin.

—Sí, ¿verdad?

No le había pedido que se quedase, pero tampo-

130

co le había pedido que se fuera. Esa tenía que ser
buena señal.

–*Buongiorno, signorina.*

Issy parpadeó cuando el ama de llaves entró en
la habitación para dejar la bandeja del desayuno en la
terraza.

–Buenos días, Carlotta.

Estaba tan cansada como si no hubiera dormido
en absoluto. Probablemente porque no había dormido. Las preguntas para las que no tenía respuesta
habían hecho que pasara de la euforia a la desola-
ción mientras intentaba conciliar el sueño al amanecer.

–Perdone, Carlotta, ¿dónde está el señor Hamilton?

El ama de llaves respondió en italiano y hablaba
tan deprisa que Issy apenas pudo entender un par
de palabras. Afortunadamente, después le entregó
una nota que llevaba en el bolsillo del delantal.

Issy esperó hasta que la puerta se cerró tras ella,
mirando el reloj sobre la repisa de la chimenea. Ni
siquiera eran las nueve... ¿dónde podía estar Gio?

Luego abrió la nota y empezó a leerla...

Lo siento, Issy,
Tengo trabajo en el gabinete, de modo que hoy tendrás
que sobrevivir sin mí.
Si necesitas algo, pídeselo a Carlotta.
Ciao, Gio

¿Cómo podía haberse ido a trabajar sin despertarla? En fin, no tendría que preocuparse por cómo iba a hablarle de sus sentimientos si Gio no estaba allí.

Pero después de leerla por tercera vez, entendió lo que realmente quería decir la nota.

Cuando volviese a casa esa noche, Gio no esperaba encontrarla allí. Había solucionado el espinoso problema de la despedida con una simple nota porque ya no había un posible embarazo y, por lo tanto, podía volver a Londres.

Issy no pudo probar el desayuno, pero se negaba a llorar. Ya habría tiempo para las lágrimas cuando estuviera en casa.

Después de hacer la maleta, compró el billete de avión desde el ordenador del estudio y buscó el número de una empresa de taxis

Luego llamó a Maxi y le dijo que llegaría al teatro al día siguiente, dispuesta a trabajar. La conversación con su ayudante la animó un poco. Debía volver a su vida de siempre y poner los pies en la tierra.

Pero cuando cortó la comunicación y marcó el número de la empresa de taxis, su espíritu luchador por fin hizo aparición.

¿Por qué se lo estaba poniendo tan fácil? ¿Por qué estaba dejando que Gio le dictase lo que debía hacer?

No hablarle de sus sentimientos era hacer lo que él quería.

Había estado dispuesta a dárselo todo, no sólo su cuerpo sino su corazón y su alma, aunque Gio no los quisiera, pero debía decirle lo que sentía por él.

De modo que buscó la dirección del gabinete de Gio y, después de despedirse de una sorprendida Carlotta, tomó el taxi que ya esperaba en la puerta, explicándole como pudo que debían hacer una parada antes de ir al aeropuerto.

Tenía cuatro horas antes de tomar el avión; tiempo más que suficiente para ver a Gio por última vez y dejarle claro lo que iba a perderse.

Capítulo Nueve

Agotada, pero decidida, Issy entró en el vestíbulo del fabuloso edificio de acero y cristal a la orilla del río Arno.

Había ido ensayando en el taxi lo que iba a decirle a Gio. Se mostraría totalmente serena y controlaría sus emociones. En ninguna circunstancia se pondría a llorar como cuanto tenía diecisiete años, ni dejaría que Gio viese lo desolada que estaba.

Porque no lo estaba. En esos diez años había madurado lo suficiente como para saber que debía aceptar las cosas que no podía cambiar. Por mucho que le doliese. Y no iba a estar otros diez años soñando con un hombre que no tenía nada que ofrecerle.

—*Scusi… signor* —Issy se dirigió a un empleado de recepción.

—*Si, signorina.* ¿Qué puedo hacer por usted?

—Quiero ver a Giovanni Hamilton.

—¿Tiene una cita?

—No, no, pero… soy amiga suya.

Esa información no pareció afectarlo en absoluto e Issy se preguntó cuántas mujeres habrían ido a buscar a Gio a la oficina… esperando algo que él no estaba dispuesto a dar.

–Necesito verlo lo antes posible –añadió–. Es muy importante.

«Al menos para mí».

No sabía si el recepcionista la había creído o sencillamente sintió compasión por ella, pero levantó el teléfono con una sonrisa.

–Un momento, voy a llamar a su ayudante. ¿Cuál es su nombre?

–Isadora Helligan.

Después de una breve conversación en italiano, el joven colgó el teléfono.

–Su ayudante dice que ha salido, pero que si no le importa subir un momento, se pondrá en contacto con él.

La gente que trabajaba en el gabinete de Gio, todos jóvenes y elegantes, se volvieron para mirarla e empezó a perder valor.

¿Qué estaba haciendo allí? ¿Era otra idea absurda destinada a hacerla quedar en ridículo? ¿Y cómo demonios iba a evitar deshacerse en lágrimas cuando tenía un nudo en la garganta del tamaño del Everest?

La ayudante de Gio, una mujer de cierta edad, la acompañó a su despacho y le dijo que Gio estaba en una obra, pero que llegaría en unos minutos.

Bueno, al menos no estaba intentando evitarla.

Desgraciadamente, el despacho de Gio, que ocupaba toda una esquina en la planta sexta del edificio, estaba hecho de cristal. Mientras se sentaba en el sofá de piel verde oscura y miraba la ciudad de Florencia, podía sentir los ojos de los empleados clavados en ella.

Después de sufrir el síndrome del acuario durante cinco minutos, se acercó a la pared de cristal, pensando en la enormidad de la tarea que se había impuesto.

¿De verdad quería hacerlo? Si Gio no le daba importancia a sus sentimientos, como había hecho diez años antes, sería mucho más difícil reunir las piezas de su corazón...

–¡Issy, qué sorpresa! ¿Quieres que comamos juntos?

Gio estaba en la puerta, con la camisa remangada y el bajo de los pantalones manchado de barro. Parecía contento de verla...

Y el Everest se convirtió en el Himalaya.

¿Cómo podía amarlo tanto y no saber si Gio era capaz de devolverle ese amor?

–No tengo tiempo para comer –respondió–. He venido a decirte que me marcho y tengo un taxi esperando abajo.

Gio cerró la puerta y se acercó a ella, muy serio.

–¿Por qué?

«Díselo ahora, díselo».

Issy intentó encontrar palabras, pero el brillo de furia que había en sus ojos la silenció.

–No vas a volver a casa hoy... ni mañana –dijo él, tomándola del brazo–. Vas a quedarte en la villa aunque tenga que atarte a la maldita cama.

–No puedes hacer eso –Issy estaba tan perpleja que no sabía qué decir.

–No estés están segura. Esto no ha terminado y hasta que yo decida que es así, te quedarás aquí...

Ella lo miraba, estupefacta. Evidentemente, la nota no era una forma de despedirse sin tener que decírselo cara a cara como había pensado.

La noticia debería alegrarla, pero no era así.

¿Por qué estaba tan enfadado? ¿Y qué derecho tenía a darles órdenes? ¿De verdad había sido tan tonta como para permitir que le dijera lo que debía hacer?

¿Habían sido amigos de verdad alguna vez?, se preguntó entonces. Tal vez también eso había sido una ilusión.

Issy cruzó los brazos sobre el pecho mientras Gio salía de la oficina para pedirle a sus empleados que los dejaran solos. Unos segundos después, cuando la planta estuvo vacía, volvió y cerró la puerta.

–Ahora dime qué demonios te pasa –le espetó–. ¿Por qué quieres volver a Londres?

La pregunta hizo que el Himalaya la ahogase. Pero no podía decirle que lo amaba hasta que supiera si ella había significado algo más que las demás mujeres.

–¿Por qué quieres que me quede?

«Quiero que me ames».

Cuando esa frase apareció en su cerebro, Gio dio un paso atrás.

No podía decir eso, nunca. No quería su amor, no quería el amor de nadie.

Después de estar horas despierto, mirándola dormir, se había obligado a sí mismo a marcharse de casa intentando alejarse de algo que no entendía.

Desgraciadamente, concentrarse en el trabajo

no había tenido el efecto que él esperaba. En lugar de olvidarse de ella, la echaba tanto de menos que cuando su ayudante llamó para decir que estaba en la oficina, había interrumpido una visita importante a un edificio en construcción para ir a buscarla.

Y luego, cuando Issy le dijo que volvía a Londres, había perdido los nervios por completo.

Estaba portándose como un crío enamorado y eso era absurdo porque él no estaba enamorado.

–¿Qué es lo que quiero? –repitió–. Quiero lo que siempre he querido –Gio enterró los dedos en su pelo para buscar sus labios.

Issy abrió los suyos de manera instintiva, pero al notar la invasión de su lengua dio un paso atrás.

–No, eso no es suficiente –le dijo, sus ojos azules llenos de emoción–. Ya no. No puedo quedarme sólo para eso.

–¿Por qué no? Es lo que hacemos mejor –replicó él.

Issy lo había engañado, como lo había engañado el día anterior para llevarlo al bautizo. Y tenía que pagar por ello.

–Porque yo quiero algo más.

–No hay nada más, Issy.

–Sí lo hay –replicó ella–. Te quiero, Gio.

Él escuchó esas palabras y sintió que el pánico lo estrangulaba, la enorme herida que había mantenido cerrada durante tanto tiempo volvía a abrirse de repente.

–No te preocupes, se te pasará.

–No quiero que se me pase –dijo Issy, el dolor de

su rechazo era como un golpe. Había tenido que hacer uso de toda su fuerza de voluntad para decir esa frase que, sin embargo, no parecía haber afectado a Gio en absoluto.

¿Cómo podía ser tan frío? Aquello era mucho peor que la última vez.

–¿No te importa nada lo que siento?

–Te dije desde el principio que no estaba buscando algo serio… tú has decidido malinterpretar la situación, no yo.

Issy tragó saliva, incrédula. ¿Cómo podía haber estado tan equivocada?

–Ya veo –murmuró–. ¿Entonces es culpa mía? ¿Eso es lo que estás diciendo?

De repente, era de vital importancia entender por qué había cometido tantos errores.

–Issy, por favor –Gio dio un paso adelante para tomarle la mano, pero ella la apartó–. Yo no quería hacerte daño. Te dije claramente lo que quería…

–¿Por qué siempre tiene que ser lo que tú quieres? –lo interrumpió ella.

Pero cuando miró su tenso rostro, entendió lo que pasaba. Y la realidad de cómo había jugado con ella y por qué.

–No sabía que fueras un cobarde –le dijo.

–¿Qué quieres decir con eso?

Issy notó que una lágrima rodaba por su mejilla y la apartó de un manotazo.

–Dices que sólo quieres sexo, que las relaciones serias no te interesan porque te da miedo querer algo más.

–Eso es absurdo –dijo él.

Gio nunca había querido lo que ella estaba dispuesta a ofrecerle y eso era algo con lo que tendría que vivir. Habían sido amigos, eso no lo había imaginado, pero ya no lo eran. Y podrían haber sido algo más, pero Gio no tenía agallas para intentarlo. Y ella sabía por qué.

–Tus padres te hicieron mucho daño, más del que tú crees. Te trataron como si fueras un objeto y jamás te dieron lo que merece un niño. Has sobrevivido, sí, pero no serás libre hasta que impidas que el desamor de tus padres controle tu vida.

–Esto no tiene nada que ver con mis padres –replico Gio, airado.

No lo entendía, pensó Issy, y lo peor de todo era que probablemente no lo entendería nunca.

–¿Tú crees? –Issy se dirigió a la puerta.

–¡Vuelve aquí, demonios!

Ella no se volvió. No tenía fuerzas para discutir. ¿Para qué cuando no podía ganar?

–No voy a ir buscarte a Londres, si eso es lo que esperas.

Issy siguió caminando, con el corazón roto por su tono desafiante.

Ella no quería ser su enemiga. ¿Por qué Gio no se daba cuenta?

140

Capítulo Diez

–¿Crees que el nuevo patrocinador querrá que el nombre de su empresa aparezca en el programa?

Issy, que estaba trabajando en el ordenador, se dio la vuelta para mirar a Maxi.

–¿Qué?

–Estoy dándole los últimos toques al programa y no sé si deberíamos incluir el nombre de la empresa del duque.

–Sí, supongo que sí –respondió Issy, sin mirarla–. Me parece buena idea –añadió, con un entusiasmo que no sentía.

Había vuelto de Florencia dos semanas antes y no podía hablar de Gio sin que se le rompiera el corazón.

No quería pensar en él, pero no podía evitarlo. Y, aparte de que la dejaba agotada, no iba a cambiar nada.

Una semana antes casi creía haberlo conseguido, cuando llegó a la conclusión de que no estaba tan loca como para haberse enamorado de Gio en tres días; sencillamente nunca había dejado de quererlo.

En todos esos años, su amor por Gio había estado en un rinconcito de su corazón, esperando volver a verlo.

Pero sabía que no serviría de nada. ¿No debería ser capaz de olvidarlo y seguir adelante?

Gio lo habría hecho en cuanto se marchó de su oficina, estaba segura. Y por mucho que eso la entristeciera, debería estar agradecida porque esa indiferencia era la razón por la que no había retirado el patrocinio para el teatro.

Había estado tan pendiente de Gio esos días que se había olvidado del teatro por completo y eso hacía que se sintiera culpable. Pero mantener una actitud profesional era fundamental y, si tenía que lidiar con Gio en el futuro, lo haría mostrándose absolutamente fría. El teatro Crown and Feathers era su única prioridad.

–¿Por qué no llamas a la oficina de Florencia para ver qué dicen, Maxi?

–¿Por qué no llamas tú? –replicó su ayudante–. Puede que te pasen con el duque.

–No, estoy ocupada revisando el currículo de Jake –Issy se volvió hacia el ordenador.

No le había contado a Maxi lo que había ocurrido en Florencia y no pensaba hacerlo. Hablar de ello sólo haría que fuese más difícil olvidarlo.

De modo que siguió tecleando, alegrándose de que el ruido de las teclas le impidiera escuchar la conversación. Pero cuando terminó, la oyó colgar el teléfono.

–¿Todo bien? –le preguntó.

–Mejor que bien –respondió su ayudante–. Menos mal que se me ha ocurrido llamar, el email ha debido perderse.

–¿Qué email? –preguntó Issy.

–El email en el que nos informaban de su visita –Maxi miró el reloj–. Según su ayudante, el avión ha debido aterrizar hace treinta minutos, así que podría estar aquí en menos de una hora –añadió, levantándose–. Deberíamos arreglar esto un poco. Imagino que querrá ver la oficina.

Issy tuvo que llevarse una mano al estómago.

–¿Qué estas diciendo?

–El duque –respondió Maxi–. El duque está punto de llegar.

–¿Cuándo dices que volverá? –Gio se llevó la cerveza a los labios mientras miraba alrededor, pero el tibio líquido no logró aliviar su garganta seca.

Issy le había hablado de aquel sitio en Florencia, pero en realidad nunca la había escuchado ni se había molestado en preguntar nada. Mientras su ayudante le enseñaba el café teatro Crown and Feathers y le presentaba a los actores y a la gente que trabajaba allí, se dio cuenta del trabajo que Issy había hecho allí y cuánto significaba para ella.

Había sido un egoísta además de otras muchas cosas. ¿Cómo podía compensarla?

La ayudante de Issy lo miró con una expresión rara, probablemente porque había hecho la misma pregunta cinco veces desde que llegó.

–No estoy segura. ¿Quiere que la llame al móvil otra vez? –respondió Maxi.

Gio dejo la cerveza sobre el mostrador.

¿Cómo se habría enterado Issy de su llegada? Sólo le había contado a su ayudante que tenía intención de ir a Londres porque intuía que, de saberlo, Issy saldría corriendo.

Estar allí esperándola lo hacía sentir como un tonto, pero cualquier humillación era insignificante comparada con lo que pasaría el día que por fin viera a Issy.

«No pienses en ello».

Gio intentó contener el miedo. Eso era precisamente lo que lo había metido en aquel lío.

—Necesito pedirte un favor, Maxi.

Si le decía que no, tendría que averiguar por su cuenta dónde vivía Issy y tardaría un día por lo menos. Pero cuando por fin había reunido valor para hacer lo que debía hacer, no quería esperar.

—Sí, claro. Dígame.

—Llámame de tú, por favor —dijo Gio entonces—. Mira, la verdad es que no he venido a ver el teatro, he venido a ver a Issy.

La joven no dijo nada.

—Tuvimos un desacuerdo en Florencia... —siguió Gio—. Y creo que está evitándome.

—¿Ah, sí? ¿Y cuál es el favor?

—Llámala y dile que me he ido. Si me permites esperar en la oficina hasta que vuelva, le diré lo que tengo que decirle.

Aunque no tenía ni idea de lo que iba a decirle.

¿Cómo había podido estropearlo todo de ese modo?

Desde que volvió a casa ese día supo que había

cometido un terrible error, pero se negaba a admitirlo.

Se había puesto tan furioso como diez años antes. ¿Cómo se atrevía a decirle que lo que había hecho con su vida no era suficiente?

Gio se lanzó de cabeza al trabajo, decidido a demostrar que eso era todo lo que necesitaba. Pero a medida que pasaban los días, la furia fue desapareciendo, dejando en cambio una terrible soledad.

Issy había estado en su casa tres días, ¿cómo podía echarla tanto de menos?

Había intentado convencerse a sí mismo de que era algo puramente sexual... y la erección que lo despertaba cada mañana parecía la prueba evidente. Pero a medida que pasaban los días, hasta él mismo había tenido que aceptar que era algo más que sexo.

Cada vez que salía a la terraza a desayunar la imaginaba sonriéndole al otro lado de la mesa. Cada vez que despertaba, alargaba un brazo instintivamente para tocarla, pero Issy no esta allí.

Ni siquiera podía visitar los museos o las iglesias que tanto amaba porque sin ella no era capaz de disfrutar su belleza. Pero lo que más añoraba era el simple placer de escucharla hablar.

El silencio se había convertido en algo sofocante que lo seguía a todas partes, como le ocurría cuando era niño, antes de conocerla.

Y esa mañana, en la oficina, por fin tuvo que reconocer la verdad: la única manera de ser feliz era recuperar a Issy.

Sabía que no sería fácil, pero tenía que internarlo.

Gio estudió a su ayudante, que seguía sin decir nada. ¿Por qué no decía nada?

Por fin, Maxi sacó el móvil del bolsillo y empezó a marcar un número. Luego se lo puso en la oreja, mirándolo con gesto receloso. La sonrisa amable había desparecido.

–Para que lo sepa, me da igual que sea usted un duque. Si le hace daño a Issy, lo mato.

Él asintió con la cabeza, sabiendo que eso no era lo peor que podía pasarle.

–¿Maxi sigue por aquí, Gerard? –gritó Issy para hacerse oír en el café lleno de gente.

–Creo que está entre cajas –respondió el camarero, señalando el escenario–. Dave ha tenido un problema con el vestuario. ¿Quieres que envíe a Magda a buscarla?

–No, no hace falta.

Estaba siendo una tonta, pensó. Maxi le había dicho una hora antes que Gio se había marchado.

Issy subió a su oficina para retomar el trabajo que había dejado a medias. Eran más de las siete y tenía mucho que hacer. Tal vez algún día podría volver a ver a Gio, pero por el momento lo mejor era…

–Hola, Isadora.

Ella lo miró, perpleja. Gio estaba sentado frente a su escritorio, el mismo hombre que aparecía en sus sueños cada noche, con las piernas cruzadas y el pelo apartado de la cara.

Issy abrió la puerta para salir, pero una mano grande y morena la cerró.

Gio había llegado a su lado en un segundo... ¿cómo lo había hecho?

–No salgas corriendo. Tenemos que hablar.

Habían estado en la misma posición varias semanas antes, en el club, y la respuesta a su proximidad fue inmediata y devastadora. ¿Por qué su cuerpo no podía ser inmune a aquel hombre?

–No quiero hablar –replicó, con voz temblorosa–. Déjame en paz.

–¿Estás bien? –le preguntó Gio.

Ella negó con la cabeza.

–Si has venido para acostarte conmigo, lo siento pero no estoy interesada.

–No, no he venido a eso. He venido a hablar, Issy. Nada más.

–¿Y una vez que hayas dicho lo que tengas que decir, prometes marcharte?

–Si eso se lo que quieres...

Issy se apartó de la puerta para sentarse detrás del escritorio porque necesitaba una barrera entre los dos.

–Muy bien, habla.

Gio estuvo en silencio durante lo que le pareció una eternidad.

–Quiero que vuelvas conmigo.

Ella lo miró, atónita. Unas semanas antes hubiera dado cualquier cosa por escuchar esa frase, pero era patético que hubiese aceptado tan poco.

–¿Qué esperas que diga?

Gio inclinó la cabeza, metiendo las manos en los bolsillos del pantalón.

–Quiero que digas que me darás otra oportunidad –respondió.

Lo había dicho como un ruego, sus ojos de color chocolate llenos de esperanza. Pero ella sabía que no podía aceptar después de lo que la había pasado.

–No puedo –respondió–. Ya te he dado muchas oportunidades. Te he amado desde que éramos niños y no quiero amarte más.

Gio dio un paso adelante para poner las manos sobre el escritorio.

–Eso no es verdad. No me amabas cuando eras niña, sólo estabas encandilada por un chico mayor que tú…

–No me digas lo que sentía.

–Te engañaste a ti misma, Issy. Porque eras muy joven. Y muy dulce.

Ella negó con la cabeza.

–No es verdad. Era inmadura, desde luego, pero te amaba. Porque cuando volví a verte los sentimientos seguían ahí.

–Dijiste que me detestabas.

Había un brillo de angustia en sus ojos y se dio cuenta de que esas palabras le habían dolido.

Issy había pensado que nada podía dolerle porque no le importaba, ¿pero y si había interpretado mal sus sentimientos por ella como Gio había malinterpretado los suyos?

–¿Por qué me alejaste de ti? ¿Por qué no me creíste cuando dije que te quería?

Gio suspiró.

–Vas a hacer que lo diga, ¿verdad?

–Sí.

–Porque no soy el hombre que tú crees que soy.

–¿Y quién es ese hombre, Gio?

–Uno que no te merece –respondió él, bajando la cabeza.

Issy se dio cuenta entonces de que, por fin, después de tantos años, de tanto dolor y tanta confusión, las barreras empezaban a derrumbarse.

–Gio, idiota… –murmuró–. ¿Por qué crees que no me mereces?

Él sacudió la cabeza.

–Durante toda mi infancia intenté importarle a mis padres y no lo conseguí. Yo sabía que debía haber alguna razón…

–No hay ninguna razón para que unos padres no quieran a su hijo. Era culpa de ellos, no tuya.

Gio la miró a los ojos.

–Entonces apareciste tú y llenaste esos espacios vacíos… y ni siquiera tuve que pedírtelo.

–Pero me dejaste fuera de tu vida. ¿Por qué?

–Porque me daba miedo –respondió Gio–. No quería que pensaras que habías cometido un error.

Issy salió de detrás del escritorio para abrazarlo, apoyando la cabeza en su pecho.

–Tenías razón. He dejado que lo que me hicieron mis padres controlase mi vida, pero no quiero seguir haciéndolo –murmuró Gio, rozando su pelo con los labios–. Dame otra oportunidad, Issy. Sé que probablemente ya no me quieres, pero…

–Cállate –lo interrumpió ella, levantando la cabeza–. El amor no funciona así. No he podido dejar de amarte, por mucho que quisiera. Y créeme, lo he intentado todo.

–¿Entonces?

–Te daré otra oportunidad –dijo ella, sabiendo que todas sus esperanzas y sueños estaban escritas en su cara–. Mientras tú prometas no volver a cerrarme tu corazón.

–Tienes mi promesa –afirmó Gio antes de buscar sus labios. Pero luego se apartó para tomar su cara entre las manos–. Espera un momento… ¿no quieres que te diga que te amo?

Issy estuvo a punto de soltar una carcajada al ver su cara de sorpresa.

–Cuando puedas hacerlo, será estupendo.

Y sabía que algún día podría hacerlo, cuando estuviera completamente seguro de que la amaba de verdad.

–Mi romántico corazón espera ese momento, pero al final sólo son palabras, Gio. Lo que realmente importa es lo que sientas. Y que quieras estar conmigo.

Diez años antes habría exigido que dijera esas palabras, pero ya no era una cría y no iba a presionarlo.

–Es muy noble por tu parte, Issy, pero puede que te sorprenda saber que no soy tan cobarde. Ya no.

–Sé que no lo eres –dijo ella, sin saber dónde llevaba aquella conversación. Pero entonces Gio clavó una rodilla en el suelo–. ¿Qué haces?

–Callarme y hacer las cosas como hay que hacerlas.

–Pero te he dicho que no es necesario…

–Sé lo que has dicho –asintió él, apretando su mano–. Y probablemente lo crees porque eres dulce y generosa y nunca piensas antes de hablar.

–Ah, vaya, gracias –replicó Issy, molesta.

–Deja que diga lo que quiero decir. Tal vez tú no necesitas escuchar las palabras, pero yo necesito decirlas. Te lo debo por lo que te hice hace diez años y por lo que pasó hace dos semanas –Gio se aclaró la garganta, respirando profundamente–. Ahí va… *ti amo*, Isadora Helligan. Creo que te he amado desde que te conocí. Por muchas razones, pero sobre todo por tu valor, tu tenacidad y tu capacidad para ver siempre lo bueno en los demás. Y por eso no puedo vivir sin ti.

Issy le echó los brazos al cuello.

–Te quiero, Gio. Tanto que no voy a regañarte por eso de que hablo sin pensar.

Riendo, Gio la tomó en brazos para besarla con la pasión que ella adoraba.

–No llores, Issy –le dijo al ver sus ojos empañados–. Es ahora cuando empieza la diversión.

Ella sonrió.

–¿Es una promesa, Hamilton?

–Presta atención, Helligan –Gio la apretó contra su pecho–. No es una promesa, es una garantía.

Y luego se lo demostró, de la manera más deliciosa posible.

Epílogo

–Voy a terminar odiándote –bromeó Sophia, sentada al lado de Issy en una cómoda silla entre los olivos–. ¿Como has recuperado la figura tan rápidamente?

Ella sonrió, feliz. Había ido un día muy largo porque el niño los había despertado a las tres de la mañana, pero no lo cambiaría por nada del mundo.

–Lo dirás de broma. ¿No has visto mis pechos? ¡Son del tamaño de dos globos!

Sophia soltó una carcajada.

–¿No sabes que en Italia eso es lo que más gusta a los hombres?

Issy miró a Gio, que se acercaba a ellas con ese paso lánguido que siempre le había gustado tanto, sujetando en brazos a su hijo.

Ninguno de los dos había hablado de tener hijos desde ese primer susto y, aunque Issy fantaseaba con ello, no sabía cómo iba a responder él cuando le dijera que se había hecho la prueba y había dado positivo.

¿Cómo iba pedirle que hiciera más cambios en su vida? ¿Y cómo iban a añadir una presión más a una situación doméstica ya de por sí complicada?

Porque después de su declaración de amor, habían descubierto que vivir juntos era una pesadilla logística. Ella vivía en Londres, él en Florencia y los dos adoraban sus profesiones.

Para resolver el problema, Gio había insistido en comprar un ático en Islington y viajaba entre las dos ciudades tres o cuatro veces por semana, pero Issy trabajaba hasta muy tarde en el teatro, de modo que apenas podían pasar tiempo juntos.

Y por eso, cuando un mes más tarde descubrió que estaba embarazada, no sabía cómo decírselo. De hecho, estaba intentando encontrar el momento adecuado cuando una mañana tuvo que levantarse de la cama a toda prisa con unas náuseas imposibles de disimular.

Gio había sujetado su pelo mientras vomitaba sobre el inodoro y luego he había hecho un té de menta con tostadas.

Y, para su sorpresa, inmediatamente después anunció que iban a casarse. Según él, sabía que estaba embarazada y sabía también que no se lo había dicho porque temía que fuese un padre terrible, pero ya no podían hacer nada al respecto.

A Issy se le había roto el corazón al escuchar eso. Apenada por él, le juró que jamás había pensado que fuera a ser un mal padre y le explicó por qué no le había dado antes la noticia. Fue entonces cuando su relación cambió por completo y en los nueves meses siguientes, mientras esperaban la llegada de su hijo, el lazo entre ellos se hizo indestructible.

Ante la insistencia de Gio, se casaron inmediatamente en el ayuntamiento de Islington, en una ceremonia discreta, pero muy romántica. Pronunciaron juntos sus votos una fría tarde, con su madre como testigo, y Maxi organizó una fiesta en el teatro. La primera ecografía del bebé añadía magia al momento… Issy había visto que Gio se la enseñaba a todo el mundo, orgulloso.

Y después anunció que iba a dejar su gabinete en Florencia para trasladarlo a Londres. Pero Issy ya había decidido que le gustaría vivir en Florencia, de modo que, después de muchas discusiones, allí estaban.

Gio había estado dispuesto a dejarlo todo por ella y eso hizo que las últimas dudas se esfumaran para siempre.

Gio y ella habían empezado una nueva fase de sus vidas durante los últimos meses del embarazo y no lamentaba haberse marchado de Londres. Era el momento de dejar atrás un sueño para empezar otro.

Aunque no lo había dejado todo atrás. Seguía en contacto con Maxi y había encontrado trabajo como voluntaria organizando obras de teatro para niños.

No le importaba haber aparcado su carrera por el momento y ver a Gio convertirse en un padre cariñoso y responsable era la guinda del pastel. Gio no sólo le había entregado su corazón a ella y a su hijo sino también a la familia Lorenzo.

Issy suspiró, más feliz que nunca. Tenían un maravilloso futuro por delante.

Cuando Gio se acercó por fin, después de pararse a saludar a varios parientes, Sophia se levantó para darle un beso.

–¿Qué tal está el orgulloso padre?

–Agotado –respondió él–. La próxima vez que mi mujer y tú organicéis una de estas fiestecitas, mi hijo y yo exigiremos saber el número de invitados.

Sophia soltó una carcajada.

–Deja de fingir que no lo estás pasando bien presumiendo de *bambino*. Nunca he visto a un hombre más orgulloso. Solo falta que te des golpes en el pecho como Tarzán.

El *bambino* en cuestión empezó a llorar en ese momento y Gio lo puso en brazos de su mujer.

–Es un niño estupendo –murmuró, besando a Issy en la mejilla–. Ni siquiera ha protestado cuando el tío Carlo le ha dado una charla sobre la producción de aceite de oliva y la importancia de seguir la tradición familiar.

–No te asustes, mi padre le da esa charla a todos los niños de la familia.

Issy desabrochó el sujetador de maternidad para darle el pecho a su hijo y el niño se agarró al pezón como si fuera un misil teledirigido.

–Debería ir a buscar al mío, Aldo debe estar agotado –dijo Sophia entonces–. Si no os veo antes de que os marchéis, nos encontraremos el mes que viene en la comunión de Gabriella.

–No me la perdería por nada del mundo –asintió Gio.

¿Quién hubiera imaginado que algún día estaría deseando reunirse con su familia?

Incapaz de contenerse, se inclinó para besar a su mujer en los labios.

–¿Qué haces, loco? Nos están mirando.

–No me importa.

Issy vio un brillo de deseo en sus ojos.

–Quiero que hagamos el amor de nuevo –le dijo–. Estoy uno poco cansada de que te apartes cada vez que te toco.

–Sólo intento ser considerado –se defendió él–. Acabas de dar a luz.

–Hace seis semanas. Estoy perfectamente, cariño, no vas a hacerme daño.

–¿Seguro?

–Seguro.

Gio miró alrededor.

–Entonces, vámonos. No quiero tener que despedirme de mi familia con una erección del tamaño de la torre de Pisa.

Issy tuvo que contener una carcajada mientras se alejaban entre los olivos, intentando no ser vistos. Gio colocó al bebé en el asiento de seguridad del Ferrari, murmurando palabrotas porque no podía hacerlo con suficiente celeridad.

–No tengas prisa, cariño. Tenemos el resto de nuestras vidas por delante.

Por fin, Gio terminó de asegurar al bebé y se sentó frente al volante.

–Lo sé –murmuró, besándole la mano–. Y te aseguro que pienso aprovechar cada segundo.

Issy miró a su marido, abrumada de amor.

–Pues entonces ya somos dos.

Deseo

Millonario encubierto

MICHELLE CELMER

Brandon Dilson tenía que hacerse pasar casi por analfabeto para desenmascarar las actuaciones fraudulentas de la asociación benéfica de su enemigo. En realidad, era un ranchero multimillonario y fue toda una ironía que la asociación lo mandase a ver a una asesora de imagen, la guapa y encorsetada Paige Adams.

Paige, una mujer hecha a sí misma, sabía que su aventura con Brandon era tan imprudente como inevitable. No solo había mezclado el placer con los negocios, sino que iba a descubrir que estaba enamorada de un impostor. Pero ella también tenía una sorpresa para Brandon, una sorpresa que podía cambiar la vida de ambos…

Las apariencias pueden engañar

¡YA EN TU PUNTO DE VENTA!

Acepte 2 de nuestras mejores novelas de amor GRATIS

¡Y reciba un regalo sorpresa!

Oferta especial de tiempo limitado

Rellene el cupón y envíelo a
Harlequin Reader Service®
3010 Walden Ave.
P.O. Box 1867
Buffalo, N.Y. 14240-1867

¡Sí! Por favor, envíenme 2 novelas de amor de Harlequin (1 Bianca® y 1 Deseo®) gratis, más el regalo sorpresa. Luego remítanme 4 novelas nuevas todos los meses, las cuales recibiré mucho antes de que aparezcan en librerías, y factúrenme al bajo precio de $3,24 cada una, más $0,25 por envío e impuesto de ventas, si corresponde*. Este es el precio total, y es un ahorro de casi el 20% sobre el precio de portada. ¡Una oferta excelente! Entiendo que el hecho de aceptar estos libros y el regalo no me obliga en forma alguna a la compra de libros adicionales. Y también que puedo devolver cualquier envío y cancelar en cualquier momento. Aún si decido no comprar ningún otro libro de Harlequin, los 2 libros gratis y el regalo sorpresa son míos para siempre.

416 LBN DU7N

Nombre y apellido	(Por favor, letra de molde)
Dirección	Apartamento No.
Ciudad	Estado Zona postal

Esta oferta se limita a un pedido por hogar y no está disponible para los subscriptores actuales de Deseo® y Bianca®.
*Los términos y precios quedan sujetos a cambios sin aviso previo.
Impuestos de ventas aplican en N.Y.

SPN-03   ©2003 Harlequin Enterprises Limited

Bianca.

Cuando la pureza converge con la pasión...

La niñera Maisy Edmonds montó en cólera cuando un desconocido intentó llevarse al pequeño huérfano que tenía a su cargo, además de robarle unos besos demasiado escandalosos y explícitos. ¿Podía el famoso magnate de los negocios Alexei Ranaevksy ser de verdad el padrino del niño? Cuando se vio obligada a instalarse en la mansión que Ranaevsky tenía en Italia, la única intención de Maisy era proteger al pequeño Kostya... y nada más.

La infancia de pesadilla que Alexei vivió le impedía formar vínculos emocionales con nadie. Sin embargo, la seductora dulzura de Maisy iba a cambiar aquello…

En la torre de marfil

Lucy Ellis

Deseo

Danza de pasión

KATHERINE GARBERA

Quizá debido al húmedo calor, quizá al palpitante ritmo de la música, Nate Stern, millonario copropietario de un club nocturno, no pudo resistirse a los encantos de Jen Miller. Aunque en Miami se le consideraba un playboy, jamás coqueteaba con sus empleadas. Sin embargo, Jen le hizo romper aquella regla de oro. Aunque Jen sabía que acostarse con su jefe era peligroso, el encanto de ese hombre de negocios le hizo bajar la guardia. De sobra conocía la fama de Casanova de Nate; pero cuando él la rodeaba con los brazos, le era imposible resistirse.

Bailando con el deseo

¡YA EN TU PUNTO DE VENTA!